Sehr verehrter
Samuel Hahnemann,
danke!

Petra Neumayer arbeitet als freiberufliche Autorin und Medizinjournalistin. Im Bereich Ratgeber gelang ihr mit *Heilen mit Zahlen* 2013 der Durchbruch als Bestseller Autorin, ihre Bücher wurden bereits in acht Sprachen übersetzt.
Hahnemann's Erbe ist ihr zweiter Roman. In den USA und Großbritannien wurde er unter dem Titel *Hahnemann's Legacy* veröffentlicht.

Petra Neumayer
Hahnemanns Erbe
Originalausgabe Juni 2014
®Skripthaus Verlag, München
Coverdesign: Thomas Blaha
Textdesign: Petra Neumayer
Lektorat: Lucia Eppelsheim
Print: Createspace
ISBN 978-1481958608

Besuchen Sie die Autorin auf www.skripthaus.com

Petra Neumayer

Hahnemanns Erbe

Skripthaus Verlag

Prolog

Ich weiß nicht, wann Sie diese Zeilen lesen werden; vielleicht bin ich dann schon tot. Vielleicht mögen Sie sich an meinen Namen erinnern, ich heiße Hans Ganter.

Doch hören Sie sich zunächst einmal diese Rede Samuel Hackmans, des Gesundheitsbeauftragten der Stadt New York an. Es handelt sich dabei um einen kurzen Ausschnitt einer Live-Fernsehübertragung des New Yorker Lokalsenders ABC New York, ein Beitrag, der einige Jahre nach Tinor MùMilles Tod ausgestrahlt wurde:

Hochverehrte Gäste,

ich darf alle Anwesenden und Sie, die Sie gerade Zuhause vor Ihren Fernsehgeräten sitzen, aufs Herzlichste zu unserer Eröffnungsfeier des MùMille Memorial Hospitals begrüßen, insbesondere den Klinikleiter, Dr. Nikola Milec, und seinen Stellvertreter, Dr. Hans Ganter!

Tinor MùMille war einer der herausragendsten Homöopathen der Neuzeit. Ein hervorragender Arzt, der das Erbe Hahnemanns antrat und sich wie er ganz der Homöopathie verschrieben hat. Wir danken diesem Mann, dass er sein persönliches Leben opferte, um sich ausschließlich den homöopathischen Forschungen zu widmen. Ich nenne solch herausragende Heilkünstler Schattenheiler, einerseits weil sie ihr Handwerk im Schatten der gerade populären Medizintradition ausüben. Und weil sie in Wirklichkeit doch die einzig wahrhaften Heiler sind, weil sie die Teile in uns heilen, die in den Schatten, in die Krankheit, gefallen sind.

Mit dem MùMille Memorial Hospital wollen wir sein Andenken in Ehren halten und die von ihm entwickelte einfache und ebenso bahnbrechende Methode der Homöopathischen Pulsation jetzt einer großen Anzahl von Patienten und Patientinnen zugänglich machen.

Als Zeichen des Dankes und der Ehrerbietung möchten wir bei den nun folgenden Feierlichkeiten das Porträt von Dr. Tinor MùMille und das von Dr. Friedrich Samuel Hahnemann im Foyer des Klinikums nebeneinander aufhängen.

Dass sich aus dem ehemaligen New Yorker Memorial Hospital eine rein homöopathische Klinik entwickelt hat – und dass dies innerhalb so kurzer Zeit geschehen ist – darf man sicherlich als Wunder bezeichnen! Es müssen geistige Kräfte am Werk gewesen sein, um dies zu bewerkstelligen! So soll diese neue Klinik uns auch gleichermaßen Sinnbild dafür sein, dass ein neues geistiges Zeitalter angebrochen ist!

Zum Abschluss meiner Rede rufe ich zum Wohle der gesamten Menschheit laut das homöopathische Heilungsgesetz aus, möge es sich um den ganzen Erdball weiter verbreiten: Similia similibus curentur – Ähnliches werde mit Ähnlichem geheilt!

Samuel Hackman, Gesundheitsbeauftragter
der Stadt New York

Können Sie sich so etwas vorstellen? Eine amerikanische Großstadt, hoch verschuldet, die nicht weiß, wie sie die Löcher in ihrer Finanzkasse stopfen soll, hat plötzlich Gelder in dreistelliger Millionenhöhe für den Umbau einer renovierungsbedürftigen morbiden Stadtklinik zu einem luxuriösen alternativmedizinischen Klinikum bereitgestellt, obwohl die Not und das Elend auf der Straße viel offensichtlicher nach Hilfe und finanzieller Unterstützung schrieen? In einer Zeit, als der Kampf gegen den Terrorismus sämtliche finanziellen Mittel und Gedanken verschlang? Als die Welt gerade dabei war, sich durch Terror und Anti-Terror selbst zu zerstören?

Aber so war es; und das war lange noch nicht alles. Hinzu kam noch die Leidenschaft, mit der die Ärzte und Schwestern in diesem neuen Klinikum arbeiteten, darunter auch ich. Es grenzte an Hingabe, wie aufmerksam die Patienten betreut und wie liebevoll ihnen die homöopathischen Pflästerchen aufgeklebt wurden, und es grenzte fast an ein Wunder, welch beachtliche Heilerfolge sich bei vielen Patienten innerhalb kurzer Zeit einstellten. Ja, ich will sagen, es war fast so, als hätte man das gesamte Klinikteam irgendwie geimpft, oder als wäre die Begeisterung für die Homöopathie eine Art nicht endende Infektion, mit der sich jeder ansteckte, der in diesem Klinikum arbeitete oder hier als Patient aufgenommen wurde.

Auch ich liebte meine Arbeit über alles, aber bald kam auch bei mir der Zeitpunkt, an dem ich mich ausschließlich der homöopathischen Forschung widmen wollte, und so übergab ich mein Amt als stellvertretender

Klinikleiter an meine Nachfolgerin, Frau Dr. Carol Lewinsky. Seltsam war das, denn auch Samuel Hahnemann und Tinor MùMille hatten ihren Praxisbetrieb aufgegeben, um sich ganz den homöopathischen Forschungen hinzugeben. Bei Hahnemann dachte man zunächst, er würde sich nun selbst ins Elend stürzen. Doch sein Opferbringen löste bei ihm eine Initiation, seine geistige Erweckung, aus, und nur zwei Jahre später, im Jahre 1790, begründete er die Homöopathie – oder sollte ich besser sagen: Gott ließ sie ihn finden?

Doch viel Ruhe für meine Forschungsarbeit fand ich nicht, denn der innere Drang, mehr über den Klinikgründer, Dr. Tinor MùMille zu erfahren, der blieb immer bestehen. Und nicht nur das, er steigerte sich von Tag zu Tag. Ich hatte diesen großartigen Homöopathen während meiner Studentenzeit kennengelernt und sehr verehrt, aber bis zu seinem Tode wusste ich eigentlich überhaupt nichts über sein Leben.

Irgendwann begann ich also zu recherchieren und begab mich auf die Suche nach den unaufdringlichen, bescheidenen Lebensspuren, die Tinor MùMille hinterlassen hatte. Ich bereiste sogar die wichtigsten Stationen seines Lebens, wandelte in seinen Fußspuren von Resina nach Pompeji, befragte Hinterbliebene und grub alte Zeitungsartikel über den Wunderknaben aus. Und mit jeder neuen Information tat sich vor mir das Schicksal eines Genies und Außenseiters auf, das ich langsam und bruchstückweise nicht nur zu verstehen begann, sondern vielmehr war es mir während dieser Biographiearbeit manchmal sogar möglich, ganz in Tinor

MùMilles Wesen einzutauchen und zu denken und zu fühlen, wie er es vielleicht getan haben mochte. Ich setzte ein Mosaiksteinchen neben das andere und erhielt die außergewöhnliche Biographie eines Heilers.

Kapitel 1

„Des Arztes höchster und einziger Beruf ist, kranke Menschen gesund zu machen, was man Heilen nennt."

Samuel Hahnemann, Organon der Heilkunst. Erstes Erscheinen der 6. Auflage, 1921

Es hatte sich wieder eine dieser Hitzewellen über Süditalien gelegt, von der man noch jahrelang sprechen würde. Über mehrere Tage hinweg kletterten die Temperaturen auf 45 Grad, und selbst am Meer schien der Wind stillzustehen. Vielen Süditalienern blieb der Sommer von 1921 nicht nur wegen der schlaflosen, schwülen Nächte in Erinnerung. Die Wasserversorgung wurde knapp, und so manch einen Alten traf der Hitzschlag. Man roch förmlich in der Luft, dass die Hitze weiter drücken würde und so bald keine Wetteränderung zu erwarten war. Und während der Vesuv am Golf von Neapel seit Jahrhunderten unbeeindruckt vom Tun der Menschen seine giftigen Gase in den nächtlichen Himmel blies, lag Concetta in den Wehen und stieß mit einer letzten schmerzhaften Presswehe ihren ersten Sohn aus.

„Madonna – das soll mein Sohn sein!", schrie die junge Mutter beim Anblick des blutverschmierten Bündels, das ihr die alte Hebamme in die Arme legte. Concetta blickte erschöpft auf den blau gequetschten, faltigen Fleischklops, der jetzt laut wimmernd in ihren Armen lag und verzweifelt den Busen der Mutter suchte, um seinen ersten Hunger auf Erden zu stillen. Doch Concetta verweigerte diesem Kind die Brust. Sie hatte bereits sechs Töchter geboren und an ihrem Busen genährt, doch das hier war nicht ihr Sohn! Es war eine Art Widerwillen, der sie beim Anblick des Neugeborenen erfüllte, ihr fast die Kehle zuschnürte und die Luft zum Atmen nahm.

Verzweifelt strich sie sich die schweißnassen Haare aus dem Gesicht. Und bei dem Gedanken, dass sie dieses Kind anlegen müsste, dass es ihr noch näher käme, bildeten sich neue Schweißperlen auf ihrer Stirn und sie hatte das Gefühl, dass dann etwas ganz Schreckliches passieren würde. Concetta schrie laut auf und gestikulierte wild mit den Armen, als die barsche Hebamme wieder und wieder versuchte, das Kind bei ihr anzulegen. Doch auch nach mehreren Versuchen gelang es der Alten nicht, dass dieses Kind genährt wurde. Schließlich blieb der Hebamme nichts anderes übrig, als das blutverschmierte Bündel mitzunehmen und fürs Erste einer Amme zu übergeben, bis sich die Hysterie der jungen Mutter wieder gelegt hätte. Doch die konnte sich beim besten Willen nicht vorstellen, dass aus diesem Fleischbündel einmal ein richtiger Mensch werden sollte.

Schon in der Schwangerschaft hatte Concetta gegenüber dem heranwachsenden Leben in ihrem Bauch seltsame Gefühle gehegt. Am liebsten wäre es ihr gewesen, wenn ihr Mann Alfonso die Schwangerschaft gar nicht erst bemerkt hätte. Dann hätte sie das Kind gleich nach der Geburt in eine Wolldecke gepackt und vor einer Kirche abgelegt. Irgendjemand hätte sich bestimmt darum gekümmert. Vielleicht Bartolo Longo. Dieser kirchliche Würdenträger hatte scheinbar sowieso nichts Besseres zu tun, als arme Waisen von der Straße aufzusammeln. Als gäbe es sonst kein Elend, um das er sich hätte kümmern können!

Selbst eine Totgeburt hätte Concetta noch eher in Kauf genommen, als diesen Sohn zu stillen und großzuziehen. Am Anfang hatte sie zunächst versucht, die Schwangerschaft vor Alfonso geheim zu halten, doch Concetta, eine kleine, zierliche Italienerin mit fast kindhafter Figur, die ihr selbst nach sechs Töchtern erhalten geblieben war, hatte die eindeutige Wölbung ihres Bauches nicht lange vor dem jähzornigen Mann verstecken können.

In der Schwangerschaft begann es auch, dass Concetta von diffusen Ängsten geplagt wurde, begleitet und geschürt von eigenartigen nächtlichen Träumen. Oft erwachte sie schweißgebadet, schrie und redete wirres Zeug vom Mondschein auf dem Montecassino. Ihr Mann Alfonso versuchte, die Hochschwangere durch gutes Zureden – und wenn das nicht mehr half, auch durch Schreien – zur Ruhe zu bringen, doch Concetta ließ sich nicht beruhigen. Die Angst, dieses Ungeborene könnte Schande über die ganze Familie bringen, saß zu tief in ihrer Seele verankert.

Schlimm genug war es, dass die Familie MùMille in ihrem bescheidenen Fischerhaus in Resina, einem kleinen Dorf am Fuße des Vesuvs, ein karges Dasein fristen musste. Der Fischfang war im Jahre 1921 auch nicht mehr das, was er einmal war, und Alfonso verdiente gerade mal genug, um die achtköpfige Familie mehr schlecht als recht ernähren zu können. Jedes weitere Kind würde die Großfamilie noch näher an die Grenze des Unerträglichen bringen.

Und dann waren da noch die Ausgrabungen: Nur 20 Meter unterhalb des Dorfkerns fing man an, systematisch ganz Resina auszuhöhlen. Angeblich sollte sich unter der

10 Meter dicken Schicht aus Lavaasche die prunkvolle Stadt Herculaneum befinden, die im Jahre 79 nach Christus durch den verheerenden Vesuvausbruch in Schutt und Asche gelegt worden war. Doch was in aller Welt interessierten Concetta die alten Griechen und ihr Herculaneum? Papyrusrollen von einem gewissen Epikur seien gerade aus der Villa dei Papiri geborgen worden – in Flammen sollen sie aufgehen, zum Teufel mit diesen verdammten Ausgrabern und dem ganzen Archäologenpack! Ihr Haus wollte sie auf gar keinen Fall unterhöhlen lassen oder aufgeben, ganz egal welche Schätze sich möglicherweise darunter befanden, niemals!

Und zu all dem Übel und der beständigen Sommerhitze gab es jetzt noch diesen Siebtgeborenen mit seiner schwächlichen Konstitution. Zuerst dachte Concetta, Tinor vertrüge die Milch der Amme nicht. Blass lag er jedes Mal in seinem Bettchen, als ihn die missmutige Amme zurückgebracht hatte. Doch auch nach dem Abstillen ging es dem Kleinen oft schlecht. Fieberschübe wechselten sich ab mit Schüttelfrost, mal hatte das Kind Durchfall, bald darauf erbrach es sich. Manchmal verweigerte es das Essen, ein anderes Mal stürzte es sich mit Heißhunger darauf. An den folgenden Tagen waren die Symptome dann plötzlich wie weggeblasen.

Im Laufe der Zeit veranlasste dies Concetta, zu glauben, Tinor sei gar nicht wirklich krank. Sie hatte eher das Gefühl, er erzeugte diese Symptome selbst, einzig, um ihr das Leben schwer zu machen, um es ihr heimzuzahlen, weil sie ihm nicht die Liebe zeigen und geben konnte, die sie ihren Mädchen zuteil werden ließ.

An manchen Tagen ging es Tinor so schlecht, dass es Concetta doch mit der Angst zu tun bekam und sie nach langem innerlichem Ringen schließlich Dottore Campagnolo holen ließ, immer dann, wenn Tinor so hoch fieberte, dass er schier sein Bewusstsein zu verlieren drohte. Aber das sollte ihr dieser Bastard alles wieder zurückzahlen, die gesamten Arztkosten – wenigstens die, wenn sie schon ihren Seelenfrieden nie wieder finden würde!

Der senile Dorfarzt vermochte aber trotz seiner hohen Honorarrechnungen bei Tinor keinen Heilungsprozess in Gang zu bringen. Nachdenklich kratzte er sich bei jeder Visite mit der rechten Hand am kahlen Hinterkopf, um vielleicht doch noch die Idee eines neuen Heilungsansatzes herauszufinden, probierte diese Medizin und jenes Heilkraut an dem Jungen aus, aber nichts schien ihm wirklich zu helfen. „Keine Heilung, keine Heilung", murmelte er jedes Mal in sich hinein und schüttelte ungläubig den Kopf.

Und mit der Zeit wurde auch Campagnolo mürrisch. Denn er glaubte fest daran, dem Geiste nach der großen medizinischen Tradition der Schule von Salerno anzugehören. Schließlich lebte seine Familie seit Generationen in Kampanien, und genau hier wurde das Wissen der hippokratischen und arabischen Medizin an die lese- und schreibkundigen Benediktinermönche auf dem Montecassino weitergegeben. Durch diese ja heilige Vermählung der medizinischen Überlieferung zweier unterschiedlicher Kulturen musste es zu einer Sternstunde der modernen westlichen Medizin gekommen sein. Dem heiligen Benedikt war es im 6. Jahrhundert auf diesem Berg sogar gelungen, einen toten

Jungen ins Leben zurückzurufen – und er, Campagnolo, scheiterte bereits an den Fieberkrämpfen dieses rothaarigen Sonderlings! Warum blieb dieser Balg völlig unberührt von jedem Therapieansatz? Das konnte natürlich nicht an ihm liegen, er war schließlich ein begnadeter Arzt, hinter dem eine lange Heilertradition stand. Der Teufel musste seine Finger im Spiel gehabt haben, als dieses Kind gezeugt wurde!

Kapitel 2

„Nur wer selbst zu den Schwachen gehört, hat Sinn für die Schwachen. Trüge der Arzt nicht selbst die Schwäche in sich, er vermöchte niemandem zu helfen."
Werner Leibbrand

Tinor wuchs in seiner eigenen kleinen Welt auf. Was blieb ihm auch anderes übrig? Offensichtlich wollte niemand etwas mit ihm zu tun haben. Seine Eltern versuchten sogar, seine eigenen Schwestern von ihm fernzuhalten. Auch die dreijährige Lucia, die nach einer Totgeburt zwei Jahre nach Tinor das Licht der Welt erblickt hatte. Lucia war die Einzige, die Tinor wahrhaft in ihr Herz geschlossen hatte. Zart streichelten ihre kleinen Kinderhände Tinors schwachen Körper, wenn der große Bruder wieder einmal im Delirium lag, zart küsste sie seine vom Fieber geröteten Wangen, so lange, bis Concetta die Kleine unter wildem Geschrei barsch vom Krankenbett wegriss. Zu groß war ihre Angst, eines ihrer Mädchen könnte sich mit Tinors seltsamer Krankheit anstecken.

Auch seine äußere Erscheinung stempelte Tinor als Sonderling ab. Er war das einzige Kind im Dorf mit heller Haut und einem Teint wie aus durchscheinendem Wachs. Besonders die unzähligen Sommersprossen, die Gesicht und Körper übersäten, und das rote, krause Haar, ließen in Resina die Vermutung aufkommen, der schwarzhaarige, dunkelhäutige Alfonso wäre möglicherweise gar nicht sein leiblicher Vater. In Italien gab es zwar seit der Herrschaft von Kaiser Friedrichs I. immer wieder Rothaarige, und seit Schiffe die Meere überquerten und die ersten Afrikaner an der Küste von Salerno landeten, immer wieder negroide Gesichter mit krausem Haar und dickem Lippenschwung, aber davon wollte im Dorf natürlich niemand etwas wissen. Alfonso trug zwar den Nachnamen MùMille, der seinen Ursprung vermutlich sogar in Eritrea hatte – aber das lag schließlich schon viele Jahrhunderte zurück.

Wenn Alfonso der Dorftratsch über Tinors mögliche Abstammung – der zu den beliebtesten seiner Zeit zählte und die Fantasie der Küstenbewohner beflügelte und vielerlei Mutmaßungen zuließ – zu Ohren kam, tobte er innerlich. Und da er das schreckliche Gefühl von Wut und Ohnmacht nicht aushalten konnte und nicht wusste, wie er es auf andere Weise hätte loswerden können, begann er in solchen Momenten schon tagsüber in der kleinen Dorfbar zu trinken. Sobald er einen gewissen Alkoholpegel erreicht hatte, wankte er wild lamentierend nach Hause, schlug Concetta – und sicherheitshalber auch gleich noch Tinor. So lange, bis Concetta auf ihren Knien vor dem Fischer herum rutschte und ihm ihre Unschuld beteuerte: Nie hätte sie ihn betrogen oder auch nur einen einzigen Gedanken an einen anderen Mann verschwendet!

„Amore mio, credimi, amo solo te"! Alfonso sei doch der Einzige, den sie über alles liebte. Schließlich habe sie ihn doch schon im zarten Alter von 14 Jahren kennen- und lieben gelernt, als sie noch ganz und gar jungfräulich war. Er sei doch der einzige Mann in ihrem Leben, der sie je hätte berühren dürfen. Alfonso fühlte sich in diesen Momenten wieder ganz stark, deshalb schwoll auch das Zeichen seiner Männlichkeit beträchtlich schnell an, während Concetta sich vor ihm die Knie wund schabte, weinte und flehte, er möge ihr doch Glauben schenken, in der Hoffnung, Alfonso würde sich endlich beruhigen, damit ihm nicht noch einmal die Hand ausrutschen würde. Dann hieß er die gaffenden Kinder die Küche zu verlassen, bis auf Lucia und Tinor, die in einer Ecke kauerten, setzte sich auf einen alten Holzstuhl und öffnete hastig seinen Hosenschlitz. Mit der rechten Hand packte er Concetta barsch am Hinterkopf an ihren langen schwarzen Haaren, zog sie zu sich heran und schrie außer sich vor Wut: „Schlampen seid ihr alle! Das ganze Haus ist voller Huren! Und einen Balg hast du mir ins Nest gelegt, den ich jetzt auch noch durchfüttern soll! Du elende Lügnerin, du hast mich damals betrogen, aber jetzt zeig' ich dir , dass man Alfonso niemals hintergehen darf!"

Tief musste Concetta sein Geschlechtsteil in ihrem Mund aufnehmen, bis es sie würgte und sie keine Luft mehr bekam. Aber das war Alfonso egal, schließlich war er der Herr im Haus und sie die Mutter eines Bastards – und dafür sollte sie büßen, immer wieder. Als Alfonso dann endlich kam, stieß er einen wilden Schrei aus und sagte zu Lucia, die sich wimmernd vor Angst eng umschlungen mit Tinor in einer Ecke versteckte: „Siehst du, so geht es einer, wenn sie eine Schlampe ist. Merk dir das und treib dich nicht so herum, sonst bist du das nächste Mal dran!"

Dann stieß er Concetta mit einem Fuß barsch von sich weg. Befriedigt grunzend und sabbernd schloss Alfonso seinen Hosenstall und legte sich aufs Ohr. Am Abend ging er zur Küste hinunter und setzte sich zu den anderen Fischern ans Meer, als wäre nichts geschehen. Ja, er müsse zu Hause schließlich ab und zu nach dem Rechten sehen, sagte er dann beiläufig zu den anderen Fischern. Ohne eine starke Hand, komme heutzutage, in diesen schlechten Zeiten, ja kaum eine Großfamilie aus, einer müsse ja für Recht und Ordnung sorgen. Und die anderen Männer nickten stumm.

An solchen Tagen wünschte sich Concetta nichts sehnlicher, als nicht die Mutter dieser rothaarigen Kreatur zu sein. Sie hatte ja schon in der Schwangerschaft geahnt wie alles kommen würde – aber die Wirklichkeit war noch viel schlimmer als ihre nächtlichen Visionen. Warum hatte Gott sie so bestraft? Warum machte er ihre Familie zum Gespött von ganz Neapel? Warum hatte Gott ihr so einen bastardo ins Nest gelegt? Männern kann man nicht trauen, dachte Concetta, sie sind kalt und unberechenbar.

Und Gott ist auch ein Mann.

Kapitel 3

„Der ist kein Arzt, der das Unsichtbare nicht weiß, das keinen Namen hat, das keine Materie und doch seine Wirkung hat".

Paracelsus

In den Zeiten ohne Krankheitsschübe stahl sich Tinor, leise schleichend und so schnell er eben konnte, noch vor Sonnenaufgang aus dem Haus. Je weiter er von Resina fortkam, umso besser fühlte er sich. In den heißen Sommermonaten waren ihm die Morgenstunden besonders kostbar, wenn sich die Sonne gerade erst am Horizont erhoben hatte und die Natur mit ihren ersten zarten Strahlen zu neuem Leben erweckte und sich noch nicht wie zur Mittagszeit in voller Hitze über Süditalien ergoss. Ganz allein streifte das Kind dann in der Gegend umher; es schien fast so, als fände Tinor in der Natur einen Ersatz für die Liebe, die ihm die Menschen nicht geben konnten.

Auf seinen langen Fußmärschen hatte sich der Junge ein Spiel ausgedacht: Wenn er ein neues Pflänzchen sah, blieb er respektvoll vor ihm stehen, begutachtete es liebevoll, sprach mit ihm und versuchte, sich ganz in die Pflanze einzufühlen, ganz eins zu werden mit ihrem einzigartigen Dasein. Und der große Artenreichtum, der auf dem fruchtbaren Lavaboden am Golf von Neapel gedieh, war mannigfaltiger als irgendwo sonst in Italien und ließ das Kind auf jeder Wanderung neue Wunder des Naturreichs entdecken und sein Spiel nie enden. Tinor wanderte im Wald, in den duftenden Zitronen- und Orangenhainen oder in den Weinbergen umher, stibitzte wunderbar aromatische San-Marzano-Tomaten, sprach mit den bunten Vögeln, und abends gab er sich ganz der Stille, Tiefe und unendlichen Weite des azurblauen Meeres hin.

Wenn Tinor Wanderungen an der Küste entlang unternahm, liebte er am meisten den Ausblick auf die felsig zerklüftete Halbinsel von Sorrent und auf die stolz im Meer thronende Blumeninsel Capri, die von vielen Dichtern seit Anbeginn der Zeiten als Inkarnation der Schönheit gefeiert worden war.

Im Zwielicht der untergehenden Sonne sah Capri aus, als ragte ein prunkvoller Tempel aus dem Meer, umgeben von lauter glitzernden Diamanten. Ganz tief sog Tinor dann Anmut und Zauber dieses Ausblicks, den Duft und die göttliche Schönheit dieser paradiesischen Landschaft in sich auf. Und wenn er dann wieder krank war und im Bett liegen bleiben musste, dann dachte er an Capri und an die funkelnden Edelsteine, von denen ihm im Fieberwahn ein jeder ein Geschichte erzählen mochte. Oder er stellte sich vor, er säße am Meer und lauschte dem leisen Flüstern der Wellen, das ihm von Hoffnung und Liebe erzählte und so sanft seine Seele streichelte. Manchmal, wenn das Fieber sehr hoch war, wurde er selbst zu einer Möwe. Er verließ seinen vom Fieber ermatteten Körper, stieg mit ausgebreiteten Flügeln steil in den blauen Himmel auf und segelte leicht und anmutig über das Meer, als hätte er nie einen schweren Körper gehabt, der ihn auf der Erde festhielt und ihm Schmerzen bereitete.

So versank Tinor ganz in seiner eigenen innerer Welt, in seinem kleinen Paradies, um das Leben, das sich jenseits davon abspielte, überhaupt ertragen zu können.

Mochte er auch ans Bett gefesselt sein, sein Geist war frei wie der luftige Flug der Möwe. Mochte sein Vater auch noch so viel mit ihm schreien und schimpfen, es tangierte seine zarte Seele nicht. Ihm war fast so, als täte sich bei jedem Streit zunächst eine Nebelwand vor seinem inneren kleinen Paradies auf, die einerseits die Übergriffe von außen an ihm abprallen ließ und andererseits das Paradies beschützte und hütete, damit seine sensible Kinderseele darin überleben konnte. Die Nebelwand half auch, wenn Dottore Campagnolo Tinor wieder einen neuen bitteren Kräutertrank einflößte – das Kind würgte ihn einfach hinunter, denn es hatte schon vor langer Zeit aufgegeben, sich zu widersetzen. Tinor tat einfach stillschweigend, was die anderen von ihm verlangten, denn schnell hatte er gelernt, dass geringer Widerstand wenig Angriffsfläche bietet. In gewisser Weise funktionierte er und war zwar körperlich anwesend, aber im Geiste befand er sich in seiner geliebten Natur.

Wenn Tinor auf seinen langen Fußmärschen die Schönheit der Berge und der bizarren Steilküsten betrachtete und die Blütendüfte von Bougainvillea, Azaleen und Orangenblüten tief in sich einsog und fest in seinem Bewusstsein verankerte, war es seiner empfindsamen Kinderseele nicht möglich, zu verstehen, warum es überhaupt Zank und Hass in seiner oder in anderen Familien gab. Eigentlich konnte man hier doch gar nichts anderes machen, als sein Herz weit zu öffnen und Gott für dieses Paradies auf Erden danken.

Tinor hatte keinen sehnlicheren Wunsch, als endlich zu genesen, damit er eines Tages nach einem Ausflug vielleicht überhaupt nicht mehr nach Resina in dieses

Haus zurückkehren müsste. Dann würde er – so malte es sich seine kindliche Fantasie in den buntesten Farben aus – fern von allen Menschen leben wollen. Vielleicht auf einer kleinen Insel wie Capri, in einer einfachen, bescheidenen Hütte am Meer. Blumen und Kräuter würde er pflanzen und ihr Wachstum beobachten, fernab vom Geschrei der Menschen, ganz in der Stille.

Aber einmal wollte er auch in die große Stadt gehen, nach Neapel. Sobald es ihm endlich besser ginge, würde er dort den Dom suchen, um zu San Gennaro, dem Schutzheiligen der Stadt, zu beten. Der ehemalige Bischof von Benevent wurde 304 nach Christus enthauptet. Eine Frau fing das Blut des Märtyrers in einer Ampulle auf – so die Legende des Heiligen, die Tinor immer wieder in der kleinen Kirche von Resina gehört hatte. Und sie hatte ihn nicht mehr losgelassen: Das getrocknete Blut des Patrons von Neapel wurde seit fast 600 Jahren im Dom aufbewahrt, und seitdem verflüssigte es sich jedes Jahr an drei Gedächtnistagen, wenn der Erzbischof die Blutampulle in einer feierlich-ekstatischen Zeremonie in die Nähe der Gebeine des Heiligen brachte, die ihre letzte Ruhe in den Katakomben des Domes gefunden hatten.

Das *Blutwunder von Neapel* wollte Tinor unbedingt einmal sehen, denn es verhieß, dass in der Zukunft kein Unglück geschehen würde.

Kapitel 4

„Ähnliches werde durch Ähnliches geheilt! – das ist eine Anweisung, ein Imperativ, der Beginn einer Apostelgeschichte."

Herbert Fritsche

Bereits als Fünfjähriger entdeckte Tinor auch seine Liebe zu den Ausgrabungsstätten. Doch was ihn viel mehr noch als das unter seinem Heimatdorf Resina liegende Herculaneum interessierte, waren die Ausgrabungen im weiter östlich gelegenen Pompeji. Dank des Archäologen Amedeo Maiuri, der dort 1924 die wissenschaftliche Leitung übernommen hatte, waren die Ausgrabungen in Pompeji schon viel weiter fortgeschritten als in Herculaneum.

So oft es Tinors labiler Gesundheitszustand erlaubte, stahl sich der Kleine frühmorgens aus dem Haus und unternahm den einstündigen Fußmarsch von Resina ins Landesinnere an den Fuß des Vesuvs.

Kurz vor den Ausgrabungsstätten führte ihn der Weg durch Valle di Pompeji, einen aufstrebenden christlichen Wallfahrtsort, dessen berühmtes Wahrzeichen, die Kirche Santuario della Madonna del Rosario war. Hier legte Tinor jedes Mal eine kleine Rast ein und ging in die kühle Wallfahrtskirche. Am Morgen war er zumeist der einzige Besucher. Erst einige Stunden später würden zahlreiche Pilger aus aller Welt die Stufen zur Kirche hinaufsteigen, sich dann vor dem Eingangsportal niederwerfen, den heiligen Boden küssen und sich schließlich um das Bild der Rosenkranzkönigin über dem Altar scharen, war doch die Kirche der Gottesmutter von

Pompeji nach Rom und noch vor Assisi inzwischen zum meistbesuchten Wallfahrtsort Italiens geworden.

Ehrfürchtig betrat Tinor die Kirche und atmete die von erkaltetem Weihrauch geschwängerte Luft ein. Er ging zum Altar und kniete vor dem eindrucksvollen Gemälde der Muttergottes nieder. Dann faltete er die Hände und bat die Heilige Jungfrau im stillen Gebet inniglich, sie möge ihn doch von dieser schrecklichen Krankheit heilen. Denn er glaubte, der alte Dottore Campagnolo könne ihm mit seinen bitteren Medizintränken doch nicht helfen. Und wo sonst sollte er schon Hilfe finden, außer bei ihr?

Lange betrachtete er das Bild der Muttergottes und jedes Mal war ihm, als würde sie ihm sanft zulächeln. Tinor fühlte sich dann, als ließe ein zarter Windhauch, gewebt aus dem Stoff der Gnade, seinen Körper erbeben. Mit neuer Lebenskraft erhob sich das Kind dann vom Altar, bekreuzigte sich und setzte seinen Weg fort zu den nahe gelegenen Ausgrabungsstätten des alten Pompeji.

In den Ruinen des alten Pompeji konnte der Junge seiner beflügelten Fantasie vollkommen freien Lauf lassen, was ihm half, die Dramen, die sich zu Hause fast täglich abspielten, wenigstens für kurze Zeit zu vergessen. Wenn Tinor in den Ruinen und den Steinhaufen umherhüpfte, tauchte er in eine ganz neue Welt ein. Vor seinem geistigen Auge erschienen lebendige Bilder, wie das pulsierende römische Leben vor dem großen Ausbruch des Vesuvs ausgesehen haben mochte: In den schillerndsten Farben sah er die florierenden Geschäfte, die Thermen, den Isistempel, das Amphitheater, die prunkvollen Wohnhäuser mit den

Unterkünften der Sklaven und den quadratisch angelegten Innengärten. Vor seinem inneren Auge tauchten auch die Heilpflanzen auf, die in diesen Gärten neben Obst und Gemüse angebaut worden waren.

Wenn Tinor dann den Archäologen Maiuri traf, fragte er ihn immer wieder nach diesen Pflanzen, welche es denn genau gewesen seien und vor allem gegen welche Krankheiten sie geholfen hätten. Der Archäologe verstand zwar rein gar nichts von Pflanzenheilkunde, die ihn auch herzlich wenig interessierte, aber dennoch glänzten seine Augen, wenn er Tinor dann von einem sagenhaften Fund erzählte des Gaius Plinius Secundus, Plinius des Älteren. Der ehemalige Befehlshaber der kaiserlichen Flotte, Historiker und Naturwissenschaftler, hatte ein fast vollständig erhaltenes 37-bändiges Werk hinterlassen, „Naturalis historica", vermutlich die älteste überlieferte naturheilkundliche Enzyklopädie. Plinius war, als er vom Vesuvausbruch hörte, nach Stabiae gereist, einem Dorf nahe Pompeji, um Freunden zu helfen. Dort kam er durch die Dämpfe des Vulkans selbst ums Leben. Aber leider habe es eigentlich keinen Sinn, Tinor die „Naturalis historica" einmal zu zeigen, schließlich könne er ja nicht einmal lesen oder schreiben, und vermutlich werde er es leider auch nie lernen.

Frustriert zog sich Tinor dann zurück. Denn hätte er lesen und schreiben können, dann hätte er solche Werke über Pflanzen vielleicht einst selbst studieren können und wäre vielleicht auf eine seltene Heilpflanze gestoßen, die seine Krankheit zu lindern vermocht hätte. Aber Maiuri hatte vermutlich recht. Es hatte gar keinen Sinn, ihm die Enzyklopädie zu zeigen.

Und dennoch unterhielt sich der Architekt immer wieder gerne mit dem sonderbar aussehenden Knaben, der alle paar Wochen barfuß bei ihm vorbei kam. Irgendetwas faszinierte Maiuri an dem ausgezehrt wirkenden Jungen, der, so wie er selbst, auch in der Hitze der Mittagsglut mit Begeisterung jede freie Minute zwischen Schutt und Asche verbrachte und ihn immer wieder mit seinem aufgeweckten Geist und den seltsamsten Fragen überraschte – Fragen, die man von einem Fünfjährigen nicht erwarten würde. Andere Kinder, die sich zeitweise in Scharen bei den Ausgrabungen herumtrieben und diese zum Teil sogar erheblich behinderten, wollten nur etwas über die Kämpfe der alten Römer wissen oder darüber wie entsetzlich es im Jahr 79 nach Christus gewesen sein musste, als sich der Vesuv einer großen Explosion gleich ergossen und Feuer über den Golf von Neapel gespieen hatte, und als heftige Nordwinde eine dichte Schicht Schutt und Asche über die blühenden Stadt Pompeji getrieben hatten, die sofort alles Leben unter sich begrub – und dieses blasse, rothaarige Kerlchen interessierte sich ausschließlich für Pflanzen. Das sollte mal einer verstehen!

Und manchmal, wenn das armseliges Aussehen des Kleinen das Mitleid des Archäologen zu sehr erregte, steckte er ihm sogar ein paar Münzen zu, damit er sich etwas Besseres zum Anziehen oder wenigstens irgendwann mal ein paar Schuhe kaufen könnte und nicht immer barfuß den weiten Weg laufen müsste. Aber Tinor kaufte sich keine Schuhe, er kaufte welche für Lucia.

Als Concetta dann Lucias neue Schuhe erblickte, herrschte sie Tinor zunächst an:

„Du kleiner Dieb, wo hast du das Geld geklaut, um nagelneue Schuhe für deine kleine Schwester zu kaufen? Oder hast du gar die Schuhe aus dem alten Schuhladen von Valle die Pompeji geklaut? Ich habe es geahnt!" , schrie Concetta außer sich vor Wut weiter, „du wirst nur Schande über unsere Familie bringen! Du Nichtsnutz, treibst dich den ganzen Tag irgendwo in der Gegend herum und lässt deinen Vater und mich hier allein schuften!"

Aber bald verstummte sie wieder – wenigstens hatte ihr kleiner Lichtblick, Lucia, Schuhe – und das war doch schließlich das Wichtigste!

Kapitel 5

„Einen Menschen als den sehen, der er von seiner Unaustauschbarkeit her ist, gelingt nur der Liebe. Nächstenliebe ist buchstäblich „die Methode der Wahl" bei der homöopathischen Arzneifindung."

Herbert Fritsche

Wieder vergingen zwei Wochen, in denen Tinor im Bett bleiben musste, und die Fieberkrämpfe zehrten an dem ohnehin schon schwächlichen Kinderkörper, der nicht einmal 20 Kilo auf die Waage brachte. Dottore Campagnolo tat sein Bestes und flößte dem Kind wieder allerlei bittere, teure Medizin ein, aber kein Medikament schien bei Tinor auch nur annähernd eine Wirkung zu zeigen.

In dieser schlimmen Krankheitsphase erfuhr Tinor vom Tode Bartolo Longos. Man schrieb das Jahr 1926, und die Nachricht sprach sich wie ein Lauffeuer in ganz Italien herum. Tinor hatte den schon damals berühmten Ordensmann nie persönlich kennengelernt, er wusste aber um seine Güte und Barmherzigkeit, denn schließlich war es Bartolo Longo, der 1875 Tinors Lieblingskirche, das Santuario della Madonna del Rosario in Valle di Pompeji, hatte erbauen lassen. Der angesehene Rechtsgelehrte, der die Ruinen von Pompeji offensichtlich ebenfalls sehr liebte und dort häufig spazieren ging, hatte in den Gärten von Pompeji eines Abends ein mystisches Erlebnis gehabt, von dem er wie folgt berichtet hatte:

„Ich war an diesem Abend sehr verzweifelt und dachte an Selbstmord, als ich plötzlich ein Echo in meinem Ohr hörte, das die Worte der Heiligen Jungfrau wiederholte:

Wenn du Heilung suchst, dann bete den Rosenkranz, dies ist Marias Versprechen.

Diese Worte erleuchteten meine Seele, und ich fiel auf die Knie und sagte mir, wenn das wahr ist, dann werde ich dieses Tal nicht mehr verlassen und Marias Heilsbotschaft verkünden."

Nach diesem mystischen Erlebnis bat Bartolo Longo die Anwohner der Gegend, ihm beim Bau einer Kirche zu helfen. Weil er kein Geld besaß, um ein teures, schönes Marienbild anfertigen zu lassen, nahm er das Geschenk einer Ordensschwester aus Porta Medina an, ein älteres Madonnenbild, das er aus der Hafenstadt in der Nähe von Neapel mit einem Wagen nach Valle di Pompeji bringen und dort restaurieren ließ.

Am ersten Abend nach der Fertigstellung der zukünftigen Wallfahrtskirche kamen nur ein paar Kinder, um mit Bartolo Longo den Rosenkranz zu beten. Doch etwas später gesellten sich auch einige Erwachsene hinzu, und innerhalb der nächsten Monate ereigneten sich die ersten Marienerscheinungen und Wunderheilungen.

20 Jahre später geschahen dann Hunderte von Wundern, und der Vatikan erkannte die Basilika der Gottesmutter vom heiligen Rosenkranz offiziell als Wallfahrtskirche an. Papst Leo XIII. wurde sogar Botschafter der in Pompeji geschehenen Wunder und rief die Pilger auf der ganzen Welt auf:

„Geht nach Pompeji und betet für den Papst in der Wallfahrtskirche des Papstes!"

Der Tod Bartolo Longos hatte Tinor schwer zugesetzt, hatte er doch so manches Mal gehofft, den berühmt gewordenen Ordensmann wenigstens einmal irgendwo in Valle di Pompeji, erspähen zu können. Aber jetzt würde dies nie mehr möglich sein.

Jahre nach Bartolo Longos Tod sollte eine Inschrift unter dem Bild der Rosenkranzkönigin den Pilgern aus aller Welt das sagen, was auch Tinor jedes Mal beim Besuch in der Kirche inniglich gespürt hatte:

Vor diesem Bilde empfindet die Seele im Gebete die feste Hoffnung auf Erhörung und jene unsagbare Süßigkeit, die nur denen verständlich ist, denen sie verliehen wird.

Tinor fühlte sich wie magisch zu diesem Bild der Muttergottes hingezogen. Als er einigermaßen vom Fieber genesen zu sein schien, machte er sich sofort wieder auf den Weg, die Wallfahrtskirche zu besuchen und in stillem Gedenken an den verschiedenen Bartolo Longo einen Rosenkranz zu beten. Diesmal nahm er die kürzeste Strecke, nicht durch die duftenden Orangenhaine, sondern er lief auf den staubtrockenen Wegen, die von Resina direkt in Richtung Pompeji führten.

Barfuß trabte das Kind in der Glut der Mittagshitze vor sich hin. Ab und zu musste es pausieren, da Schweißausbrüche und Gliederzittern den ganzen Körper überfielen. Schwach und vom steinigen Weg zerschunden, erreichte Tinor schließlich das Portal der

Kirche, wo er erst noch eine Rast einlegen musste. Keuchend ließ er sich auf den steinernen Stufen des Kirchenportals nieder und versuchte, sich mit seinem feucht am Körper klebenden Hemd den Schweiß aus seinem Gesicht zu wischen, der ihm in die Augen geronnen war und fürchterlich brannte.

Tinor bemerkte in seiner Erschöpfung zunächst nicht, dass sich ihm aus der Ferne plötzlich jemand näherte. Wegen seiner Kreislaufschwäche sah er zuerst nur eine schemenhafte Gestalt, die sich wie in silbernen Nebel eingehüllt langsam auf ihn zu bewegte.

„Heilige Jungfrau Maria, das ist das Ende“, dachte der Junge, „so muss es sich anfühlen, wenn man stirbt.“

Doch dann wurde das Bild langsam schärfer, der Nebel lichtete sich etwas, und der Junge kniff die Augen zu kleinen Schlitzen zusammen, um gegen die Sonne besser sehen zu können. Er erblickte nun einen stark untersetzten, gemütlich wirkenden Mann in einer langen, dunkelbraunen Kutte und Ledersandalen. Die mit einem Strick um den Bauch geschnürte Kutte betonte zugleich die Leibesfülle des Mönchs. Der Unbekannte ließ sich behäbig neben Tinor auf der Treppe nieder, musterte ihn mit einem liebevollen Blick und fragte ihn schließlich, wie er denn heiße, wo er herkomme, ob er krank sei und ob er in die Schule ginge. Tinor antwortete höflich, er sei der einzige Sohn von Concetta und Alfonso aus Resina und es gehe ihm gut , aber er könne vermutlich nie in die Schule gehen, weil seine Eltern, die MùMilles, nicht so viel Geld hätten und er außerdem wahrscheinlich zu dumm für die Schule sei. Das hätten ihm seine Eltern auch immer wieder gesagt. Sogleich erkannte der Pater die schlechte seelische und körperliche Verfassung des

Knaben und erwiderte : „Ich bin Monsignore Umberto Ronca aus Rom, und trete hier in Pompeji die Nachfolge des seligen Bartolo Longo an, der die Botschaft Marien verbreitete und sich ein Leben lang in den Waisenhäusern, die er selbst erbauen ließ, um die Erziehung von Kindern gekümmert hat. Auch mir liegt das Wohl aller Kinder sehr am Herzen, und so lange ich auch nur ein trauriges Kind sehe, werde ich nicht ruhen und meine Seele wird keinen Frieden finden – in drei Tagen werde ich deine Eltern in Resina aufsuchen."

Roncas Beweggrund, sich um das Wohl eines schäbigen Gassenjungen zu kümmern, mochte vielleicht wirklich seiner Großherzigkeit und Nächstenliebe entsprungen sein. Vielleicht war es aber auch nur der anfängliche Enthusiasmus, den jeder verspürt, wenn er ein neues Amt oder eine neue Aufgabe übernimmt. Keine Hürde scheint da zu groß zu sein, man kann auch das Unmögliche wagen.

Ronca segnete den Jungen, indem er ihm das Kreuzzeichen auf die Stirn machte, strich ihm sanft übers schweißnasse rotkrause Haar und verschwand schließlich lautlos, genauso schnell und unvermutet wie er gekommen war, im Portal der Kirche.

Verwirrt von der kurzen Begegnung und den Worten des ehrwürdigen Monsignore, blieb Tinor noch eine Zeitlang auf der Treppe vor dem mächtigen Kirchenportal sitzen. Als er aufstand und die Kirche betreten wollte, wurde ihm wieder schwindelig. Dennoch schleppte er sich mit letzter Kraft bis vor das Marienbild, betete knieend im Gedenken an Bartolo Longo einen Rosenkranz und beschloss dann, wieder nach Hause zu gehen. Er fühlte sich zu schwach, um den Tag an den Ausgrabungsstätten bei Maiuri zu verbringen.

Während des ganzen Heimweges dachte Tinor über sein Gespräch mit dem Monsignore nach. Aber je näher er seinem Heimatdorf kam, umso unwirklicher erschien ihm diese Begegnung. Als Tinor das Haus betrat, stürzte auch schon seine Mutter auf ihn zu und schrie:

„Der Dottore hat gesagt, du sollst im Bett bleiben, was treibst du dich wieder in der Gegend herum? Sieh dich an, wie du aussiehst, totenblass, schwarze Augenringe und schweißgebadet! Kein Wunder, dass du nicht gesund wirst, wenn du immer mit Fieber herumläufst, jetzt geh mir aus den Augen, du elender Nichtsnutz!"

„Mama", begann Tinor mit schwacher, leiser Stimme, „Mama, in ein paar Tagen kommt dich der Monsignore besuchen."

„Wer soll kommen, der Monsignore?"

„Ja, der neue Monsignore aus Pompeji."

„Monsignore Ronca?", schrie Concetta hysterisch, und ihre Stimme überschlug sich fast, „du bist doch ein Fantast! Was sollte Ronca denn in Resina machen? Der fährt höchstens zum Papst nach Rom, aber doch nicht zu mir! Ich glaube, du hast jetzt schon Wahnvorstellungen, du Gotteslästerer, was soll ich bloß noch mit dir machen?"

Verzweifelt setzte sich Concetta an den Küchentisch, hielt ihren Kopf in beiden Händen und gab sich einem nicht enden wollenden Weinkrampf hin.

„Verzieh dich endlich", murrte ihn eine seiner größeren Schwestern an und gab ihm einen Schubs, „hau endlich ab ins Bett, du siehst doch, dass du unsere Mutter vor Kummer noch ins Grab bringst!“

Und Tinor verzog sich in sein Bett. Er schlief und schlief und schlief. Und wenn er zwischen den Fieberschüben wieder etwas zu sich kam, wusste er nicht, wie viel Zeit vergangen war, waren es Stunden oder Tage? Aber das spielte in seinem Leben eigentlich keine große Rolle. Zwischendurch dachte er an den Monsignore. Wahrscheinlich hatte seine Mutter Recht gehabt, und tatsächlich war alles nur ein Traum gewesen, eine Wunschvorstellung, die seinem vom Fieber überhitzten Gehirn entsprungen war.

Kapitel 6

„In den Symptomen offenbart sich nicht nur das Kranksein, sondern auch das, was Heilung erwirkt."

Herbert Fritsche

Drei Tage später klopfte es an der hölzernen Haustür der MùMilles. Als Concetta öffnete und sah, wer vor ihr stand, schnappte sie kurz nach Luft und hielt sich am Türstock fest, sie glaubte, einer Ohnmacht nahe zu sein. Der ehrwürdige Monsignore Ronca und seine Begleiterin, die schon etwas betagte Benediktinerschwester Giulia Fratelli, baten um Einlass:

„Buon giorno, signora!", sprach Ronca, während er kurzatmig seine üppige Körperfülle durch den kleinen Türstock des Hauses schob und zielsicher auf die in der Hausmitte gelegene Küche zusteuerte. Es dauerte einen Augenblick, bis Concetta ihre Fassung wieder gefunden hatte und dem Monsignore und Schwester Giulia Stühle anbot. Dann setzte auch sie sich zu den Besuchern an den Küchentisch.

„Signora, wir sind hier, weil wir uns um das Wohl Ihres kleinen Tinor Sorgen machen", ergriff Ronca das Wort und fuhr nach einer kleinen Sprechpause mit besorgter Miene fort: „Ich bin ihm vor ein paar Tagen zufällig in Valle di Pompeji begegnet. Der Kleine saß auf den Treppenstufen des Eingangsportals der Wallfahrtskirche, und ich hatte den Eindruck, dass er sehr krank war. Deshalb habe ich ihn einfach angesprochen. Entschuldigen Sie bitte, wenn ich mich einfach so in Ihre Privatangelegenheiten einmische. Natürlich geht es mich nichts an, aber was fehlt Ihrem Sohn denn? Ist er sehr krank? Und bekommt er denn auch die richtige medizinische Versorgung?"

Concetta verschlug es zunächst die Sprache, sie saß mit halb geöffnetem Mund da und wusste überhaupt nicht, was sie erwidern sollte. Da kam tatsächlich ein Abgesandter des Papstes aus Rom in ihre bescheidene Behausung nach Resina und sorgte sich um das Wohlergehen dieses Nichtsnutzes! Als ob Ronca nichts Wichtigeres zu tun hätte! Als ob die Kirche keine anderen Probleme hätte! Um Himmels Willen, das konnte doch nicht mit rechten Dingen zugehen. Bestimmt hatte bereits das ganze Dorf beobachtet, wie der Geistliche und die Ordensschwester zu ihrem Haus gekommen waren. Und dieser Besuch würde in Resina für ausreichend Gesprächsstoff für die nächsten Jahrzehnte sorgen.

Aber bald schon hatte sich Concetta wieder einigermaßen unter Kontrolle. Sie schnappte erneut nach Luft, setzte sodann die Miene der leidenden Mutter auf – die ihr in den letzten Jahren nur allzu vertraut geworden war – und wandte sich an den Monsignore und Schwester Giulia:

„Seit Tinor auf der Welt ist, ist er so krank, das arme, arme Kind! Er leidet unter wechselhaften Fieberschüben, aber Dottore Campagnolo weiß wohl auch nicht genau, um welche Krankheit es sich handelt. Keiner kann meinem armen Kind helfen! Und wir haben bereits unser letztes Erspartes für teure Medikamente ausgegeben. Sie können sich gar nicht vorstellen, wie verzweifelt ich bin! Sie wissen ja nicht, wie schrecklich es ist, eine Mutter zu sein, die ihrem kranken Kind nicht helfen kann...", schluchzte Concetta.

„Gewiss gibt es Heilkundige, ja, ich möchte sogar sagen, echte Heilkünstler, die Ihrem Sohn vielleicht helfen könnten, Signora", fuhr Ronca mit seiner ruhigen, sonoren Stimme fort, „ich möchte Ihnen daher gern einen Vorschlag unterbreiten, wenn ich darf, denn ich vermute, dass Ihnen weitere finanziellen Mittel fehlen, um andere Ärzte und Spezialisten zu konsultieren. Wenn Sie einverstanden sind, biete ich Ihnen an, dass Tinor mit uns kommen kann. Wir bringen ihn in einem der Waisenhäuser des Bartolo Longo unter. Wir kümmern uns um die medizinische Versorgung und schicken Ihren Sohn zur Schule. Natürlich kann ich nicht versprechen, dass Ihr Sohn geheilt und wieder ganz gesund werden wird – ich bin ja nicht Gott! – aber einen Versuch bei einem anderen Arzt wäre es doch in jedem Fall wert, oder was meinen Sie?"

Das war zu viel für Concetta. Sie stand wankend auf, wandte sich für einen kurzen Moment von dem Monsignore und der schweigsamen Benediktinerschwester ab, blickte starr an die gegenüberliegende Wand in der Küche und versuchte, die wirr kreisenden Gedanken in ihrem Gehirn so schnell wie möglich zu sortieren. Ihrem Bastardo sollte so eine hohe Gunst zuteil werden? Warum kümmerte sich der Monsignore gerade um ihn und nicht um eine ihrer wunderbaren Töchter?

Aber trotz ihrer missgünstigen Gedanken jubelte sie innerlich, denn endlich bot sich ihr die lang ersehnte Gelegenheit, Tinor loszuwerden. Und noch dazu auf eine Art und Weise, bei der sie gut vor den anderen Dorfbewohnern dastehen würde.

Sie würde es gleich ihrer Nachbarin Gilda erzählen – ein Sohn im Kloster, auserwählt vom ehrwürdigen

Monsignore Ronca – das zählte in Süditalien viel! Wenn die leicht gehbehinderte Witwe Gilda diese Neuigkeiten erfuhr, dann konnte man sich sicher sein, dass sie kurz darauf wie ein Wiesel durch die Gässchen von Resina huschen würde. Das Gerücht würde sich dann so schnell wie eine explosive Lavawolke über den gesamten Golf von Neapel ausbreiten und der Dunst aus Wahrheit und Hinzugedichtetem würde sogleich über jedem Dorf herunter wabern!

Gut, ihr sollte das nur recht sein, sinnierte Concetta weiter! Bestimmt würde dann endlich wieder Friede und Normalität in ihr Haus einkehren! Alfonso wäre dann sicher besänftigt, er würde den Jungen nicht mehr sehen, und so könnte der tägliche Anblick von Tinor nicht jedes Mal Zorn in ihm auslösen. Anscheinend hatte Gott doch ihre Gebete und Hilferufe erhört, indem er ihr den Monsignore geschickt hatte!

Mit Tränen in den Augen wandte sich Concetta dem Monsignore und Schwester Giulia zu:

„Ja, ehrwürdiger Monsignore, ehrwürdige Schwester, wenn Sie meinen, dass dies das Beste für mein Kind ist, dann bin ich natürlich einverstanden, auch wenn es mir fast das Herz bricht, dass ich eines meiner geliebten Kinder hergeben soll. Aber ich erkenne natürlich die göttliche Gnade und die große Chance für meinen Sohn, die in Ihrem gütigen Angebot liegt."

„Müssen wir nicht noch die Meinung Ihres Mannes einholen?", fragte Ronca, dem die spontane Entscheidung der Mutter, ihr Kind herzugeben, doch recht befremdlich vorkam. Aber zugleich hatte er auch die Gewissheit, dass es damals gut war, auf seine innere Stimme zu hören und genau diesem Kind zu helfen. Der

Besuch in Resina war die richtige Entscheidung, und Ronca dankte innerlich seinem Gott für die weise Führung.

„Oh nein, Monsignore, ich weiß, dass diese Entscheidung auch meinen Mann Alfonso überglücklich machen wird. Niemals könnten wir Ihr großzügiges Angebot ausschlagen, auch nicht, wenn uns das Herz blutet. Dass unser Kind wieder gesund wird, ist unser einziger Herzenswunsch. Dafür haben wir jahrelang zu Gott gebetet und Buße getan. Wann möchten Sie Tinor mitnehmen?“

„Wenn Sie wollen, jetzt gleich, falls es Tinors Verfassung erlaubt”, erwiderte Ronca, „wir haben im Waisenhaus bereits alles für seine Ankunft vorbereitet.“

Concetta fiel vor dem ehrwürdigen Monsignore auf die Knie, nahm seine knubbeligen warmen Hände als Geste übergroßer Dankbarkeit in die ihrigen, küsste sie innig und ließ ihre Tränen darauf tropfen. Dann lief sie hastig in Tinors Zimmer um ihn zu holen, aber der Junge war gerade eingeschlafen. Barsch schüttelte Concetta die Schultern des Kindes, damit es schneller aufwachte. Dann zog sie Tinor an einem Arm hoch, sodass er sich schlaftrunken im Bett aufsetzen musste.

„Monsignore Ronca ist da und holt dich ab. Geh mit ihm, das wird das Beste für uns alle sein. Ich packe jetzt deine Sachen, und du zieh dich endlich an!”

Concetta lief und holte eine schäbige Tasche, in die sie mit zwei Handgriffen die wenigen zerschlissenen Anziehsachen von Tinor stopfte. Dann stieß sie den verwirrten Kleinen vor sich her in die Küche, und der Monsignore begrüßte Tinor und erklärte ihm freundlich, was er mit ihm vorhatte.

Ohne zu zögern nahm Tinor seine Tasche in die Hand und verabschiedete sich höflich von seiner Mutter, obwohl er in diesem Moment nicht so recht wusste, wie ihm geschah.

Er wollte sich gerade zum Gehen wenden, als er plötzlich die kleine Lucia erblickte, die verstohlen durch den offenen Spalt der Küchentür hereinspähte. Tinor stellte die Tasche noch einmal ab, lief zu seiner kleinen Schwester und umarmte sie zum Abschied. Er strich ihr die Locken aus dem Gesicht und mit Tränen in den Augen sagte er liebevoll zu ihr:

„Du bist mein einziger Lichtblick, kleine Lucia, ich werde dich niemals vergessen. Vergiss du mich bitte auch nicht.“

Dann nahm Schwester Giulia Tinor fest an der Hand, und sie verließen gemeinsam mit dem Monsignore das Haus.

Kapitel 7

"Ich glaube jetzt eifriger denn je an die Lehre des wundersamen Arztes, seitdem ich die Wirkung einer allerkleinsten Gabe so lebhaft gefühlt und immer wieder empfinde."

Johann Wolfgang v. Goethe in einem Brief vom 2. September 1820 über Samuel Hahnemann

Ronca brachte Tinor sogleich in das Waisenhaus von Valle di Pompeji, das nahe an der Wallfahrtskirche lag. Schwester Giulia begleitete den Jungen in sein neues Zimmer. Es hatte ein sauberes Bett und einen Schrank, und vom Fenster aus konnte man direkt auf die große Piazza blicken, in deren Mitte das Santuario della Madonna del Rosario thronte.

Die sanftmütige Benediktinerschwester organisierte für Tinor frische Wäsche aus der Kleiderkammer und gebot ihm, sich ins Bett zu legen. Sie wusste, dass der Kleine zu schwach war, um mit den anderen Kindern im Speisesaal zu Abend zu essen. Also brachte sie ihm noch eine Suppe und ein Glas warme Milch in sein Zimmer. Dann setzte sie sich auf seine Bettkante, strich dem Jungen sanft durch die krausen roten Locken und erzählte ihm, dass morgen in der Früh ein Dottore aus Neapel zu ihm kommen würde, um ihn ganz gesund zu machen, sodass er bald mit den anderen Kindern spielen und zur Schule gehen könnte.

Tinor wusste nicht, wie ihm geschah. Die Erfahrung, dass erwachsene Menschen zu ihm freundlich waren, hatte er in seinem kurzen Leben noch nicht allzu oft gemacht. Bisher eigentlich nur einmal, und dabei dachte er besonders an den Architekten Maiuri.

Seine Eltern und Dottore Campagnolo hassten ihn offensichtlich, und die anderen Menschen in seinem Heimatdorf tuschelten mit vorgehaltener Hand über ihn, wenn sie ihn in den Gassen umher streichen sahen. Mit anderen Kindern zu spielen, das war in der Vergangenheit Tinors einzigster Herzenswunsch gewesen. Mit den Kinderhorden des Dorfes an den schönen Stränden herumzutoben, riesige Sandburgen zu bauen und im warmen Meerwasser zu tollen – was hätte es Schöneres auf der Welt gegeben? Doch bei jedem Versuch, sich den Dorfkindern anzuschließen wurde er bitter enttäuscht, wenn sich die anderen plötzlich in kleinen Grüppchen zusammenrotteten, ihn hänselten und sogar Verse über ihn erfanden, die sie zusammen im Chor schrien, wie etwa „Rote Haare mögen wir nicht gern, Tinor kommst wohl von ´nem anderen Stern“ oder „Sommersprosse nimm dich in Acht, wurdest wohl in Afrika gemacht?“

Oft hielt Tinors zarte Seele diese Schmach nicht aus, und so zog er sich zurück und wurde mehr und mehr zum Einzelgänger. Am Ende traute er sich gar nicht mehr zu den anderen Jungen, ja er fürchtete, sie würden ihn vielleicht sogar schlagen, wenn sie ihn einmal unbeobachtet irgendwo anträfen.

Doch lange dachte Tinor an diesem Abend nicht mehr nach, seine Erschöpfung war zu groß und übermannte ihn; bald schon fiel er in einen unruhigen Schlaf.

Es war schon recht spät, als das Kind am nächsten Morgen aufwachte. Die Kirchenglocken läuteten unerbittlich, und die Sonne warf bereits dünne Strahlen durch die Ritzen der geschlossenen Fensterläden auf den Steinboden des Zimmers. Tinor fieberte wieder, und als er vom lauten Glockengeläut erwachte, wusste er zunächst nicht, wo er sich überhaupt befand. Befremdlich mutete ihn alles an, er sah nur die Lichtstrahlen ins Zimmer fallen und dachte, er wäre vermutlich gestorben und die Heilige Jungfrau hätte ihn zu sich heimgeholt.

Doch dann klopfte es plötzlich an der Tür, und Schwester Giulia betrat das Zimmer mit einem Mann, der in der rechten Hand einen abgewetzten ledernen Arztkoffer trug. Schwester Giulia öffnete zunächst die Fensterläden, und die ins Zimmer einströmende Wärme ließ sofort erahnen, dass sich auch heute ab dem frühen Vormittag wieder die Hitze über ganz Kampanien legen würde. Tinor erinnerte sich langsam daran, wo er sich befand und wie er hierher gekommen war. Der fremde Mann, der recht freundlich zu sein schien, wendete sich dem eben erwachten Kind zu und beugte sich ein bisschen zu ihm herunter:

„Ciao, Tinor, ich bin Dottore Sergio Focali aus Neapel."

Der Heilkundige war mit seinen rund 35 Jahren eigentlich noch ein recht junger Arzt. Mit fast jugendlichem Elan setzte er sich dann auf die Bettkante des Jungen und sah ihn mit offenem Blick aufmerksam an. Zunächst begutachtete er Tinors Pupillen, ließ sich Zunge und Fingernägel zeigen und fragte ihn die verschiedensten Dinge: um welche Uhrzeit das Fieber am stärksten sei, auf welche Speisen und Getränke Tinor Lust verspürte und welche er verabscheue, ob er Angst vor Gewitter habe und noch vielerlei, was Tinor zunächst sehr befremdlich erschien. Dennoch gab er dem Arzt bereitwillig Auskunft, denn er mochte ihn sofort. Die schwarzen Locken, die dunkelbraunen Augen und der offene Blick des Arztes flößten ihm tiefes Vertrauen ein.

Tinors Antworten schrieb Focali sorgfältig auf einen Zettel auf. Dann öffnete er seinen Lederkoffer, in dem sich neben einem schweinsledernen Etui auch ein paar dicke, abgegriffene Bücher befanden. Focali nahm zwei der Bücher heraus, blätterte interessiert erst in dem einen Buch, dann in dem anderen und las immer wieder verschiedene Passagen nach. Dann sah es aus, als würde Focali sich selbst zunicken. Er klappte die Bücher zusammen, verstaute sie wieder in seinem Koffer, ergriff das schweinslederne Etui und klappte es auf.

Tinor staunte über seinen Inhalt. Unzählige kleine Glasröhrchen mit winzigen weißen Kügelchen befanden sich darin. Tinor hatte so etwas noch nie zuvor gesehen. Der neapolitanische Arzt öffnete den Korkverschluss eines Röhrchens, ließ fünf Kügelchen erst in seine eigene Hand rollen und legte sie dann in Tinors Hand mit der Bitte, er möge diese Kügelchen lutschen, da in ihnen die Kraft steckte, ihn von seiner schweren Krankheit zu heilen. Tinor tat, wie ihm befohlen, und steckte die süß schmeckenden Kügelchen in den Mund, wenngleich ihm der Arzt nun doch etwas seltsam vorkam. Konnte denn eine Medizin helfen, die nicht bitter schmeckte?

Dottore Focali erklärte dem Kind, dies sei ein homöopathisches Medikament, und die Homöopathie sei etwas ganz anderes als die herkömmliche Medizin. Als er Tinors große, fragende Augen sah, fuhr der vorher eher wortkarge Dottore in einem nicht zu bremsenden Redeschwall mit seinen Ausführungen fort, ohne dabei zu bedenken, ob das Kind ihn überhaupt verstehen konnte: „Weißt du, Kleiner, meiner Kenntnis nach leidest du an einer sehr, sehr seltenen Art von Malaria, Malaria quartana, einer äußerst hartnäckigen Form des Wechselfiebers, die sehr selten vereinzelt im Süden Italiens auftritt. Ich habe schon mit Dottore Campagnolo über dich gesprochen. Er hat dir bereits alle üblichen Medikamente aus der Schulmedizin verabreicht, die momentan zur Verfügung stehen, aber sie konnten dich nicht heilen. Ich bin Homöopath und habe eine etwas andere Philosophie über das Krankheitsgeschehen als die meisten Wissenschaftler. Weißt du, eine gute Arznei muss nämlich die Selbstheilungskräfte des Körpers anregen."

Focali stand auf und schaute mit leicht verklärtem Blick aus dem Fenster auf die belebte Piazza hinunter. Dann wendete er sich wieder Tinor zu und fuhr mit seinem Monolog fort:

„Der Begründer der Homöopathie, Samuel Hahnemann, sprach davon, dass eine Krankheit das Lebens-Kräfte-Walten verstimmen würde, verstehst du? Irgendetwas ist da also in Unordnung geraten, so dass die Selbstheilungskräfte ihre Arbeit nicht mehr richtig tun können. Denn unser menschlicher Organismus ist ja normalerweise ein wahres Wunderwerk, er schafft es spielend, Krankheitserreger abzuwehren und zu vernichten. Bei einer Krankheit versucht die herkömmliche Medizin, die Symptome zu bekämpfen. Die Homöopathie hat da einen ganz anderen Ansatz, weil ihr Ausgangspunkt ein vollkommen anderes Verständnis von Krankheit und Gesundheit ist. Unser Ziel ist einzig und allein, die Selbstheilungskräfte des Organismus wieder sanft in die richtigen Bahnen zu lenken. Wenn also die Selbstheilungskräfte ihre Arbeit nicht mehr optimal verrichten können, schafft die Homöopathie im System Mensch wieder die richtige Ordnung. Und das macht sie ganz einfach mit Arzneien, die einem Leiden ähnlich sind. Ja, ich weiß, das klingt alles ziemlich verrückt, oder?"

Amüsiert blickte Focali zu Tinor, dem mehrere Fragezeichen ins Gesicht geschrieben schienen. Nach einer kurzen Pause fuhr der Arzt mit seinen Erklärungen fort:

„Ich habe dir eben ein homöopathisches Medikament verabreicht, die Chinarinde, die, würde man sie einem gesunden Menschen unverdünnt verabreichen, genau dieselben Symptome hervorrufen würde, die du jetzt in deinem Krankheitszustand hast, also zum Beispiel periodisch auftretende Fieberanfälle, Schüttelfrost, Schweißausbrüche und Kreislaufschwäche. Natürlich verabreicht man in der Homöopathie diese Arzneien nicht pur – sonst wären sie ja hochgiftig und manche, wie etwa die Belladonna, die Tollkirsche, könnten sogar zum Delirium und zum Tode führen – also verdünnt man eine homöopathische Arznei mit einem Wasser-Alkohol-Gemisch so hoch, dass nur noch die reine Heilungsinformation für Körper, Seele und Geist in ihr enthalten ist, aber keine für den Organismus eventuell giftigen Bestandteile. In der Homöopathie nennt man diesen Prozess des Verdünnens Potenzieren. Ja, so einfach ist das!"

„Focali freute sich nun sichtlich, eine gute Erklärung für Tinor gefunden zu haben, denn es war ihm immer schon ein Anliegen, dass seine Patienten die Homöopathie und den damit verbundenen Heilungsprozess richtig verstünden: „Nun kann es sein, dass bei dir eine

Erstverschlimmerung eintritt, dass also das Fieber vielleicht noch einmal etwas stärker wird, aber das ist ganz normal und sollte dich nicht weiter beunruhigen. Ganz im Gegenteil, du kannst dann sogar sicher sein, dass das Mittel bei dir einen Heilungsprozess in Gang gebracht hat! Ich komme in ein paar Tagen wieder vorbei, um nach dir zu sehen. Bis dahin ruhe dich einfach gut aus, mein Junge und mach dir keine Sorgen. Bei Monsignore Ronca bist du in guten Händen."

Einen Augenblick lang verharrte Focali noch schweigend am Krankenbett, dann fügte er kurz hinzu:

„Übrigens, vor vielen Jahren habe ich deine Mutter einmal kennen gelernt; sie war ein sehr hübsche junge Frau. Bestelle ihr schöne Grüße von mir. Und wenn sie sich nicht mehr an meinen Namen erinnert, dann sag ihr nur: Mondschein auf dem Montecassino."

Damit verabschiedete sich der Dottore von dem mittlerweile vollkommen irritierten Kind und bat Schwester Giulia, dafür zu sorgen, dass Tinor die nötige Bettruhe für noch mindestens zwei Tage einhielt.

Kapitel 8

„Wer erkennt hier nicht den unendlichen Vorzug der (homöopathischen) Behandler durch Mittel von ähnlicher Einwirkung vor dem elenden Verfahren durch Gegensatz (contraria contrariis) nach der uralten, gemeinen Arzneikunst?"

Samuel Hahnemann

Nach etwa einer Woche war das Kind fast vollständig genesen, und es schien, dass sich Tinor, im gleichen Maß wie seine Krankheit abklang, von seiner Kindheit verabschiedete und diese schlicht wie einen zu klein gewordenen Mantel ablegte.

Als er sich wieder ganz gesund fühlte, bat er Schwester Giulia, das Heim kurz verlassen zu dürfen, um in der Wallfahrtskirche der Rosenkranzmadonna zu beten.

„Aber Tinor, du kannst doch zum Beten auch in die kleine Kapelle des Waisenhauses gehen", schlug die Ordensschwester gütig vor. Begab man sich vom Hauptgebäude des Waisenhauses aus durch einen von Steinsäulen, Pinien und Bougainvillea gesäumten Weg in den Klostergarten, so traf man am anderen Ende der Parkanlagen direkt auf die Kapelle. Sie stand den Schülern zu jeder Zeit für Gebete und zur inneren Sammlung offen.

Tinor erwiderte nichts auf Schwester Giulias Vorschlag, er sah sie nur mit einem flehentlichen Blick seiner großen braunen Augen an. Sie hatte den Sonderling ins Herz geschlossen und wusste, dass Tinor einen guten Wesenskern hatte und für sein Alter ein äußerst vernünftiges Kind war, das nichts anstellen oder etwa davonlaufen würde. So erlaubte sie ihm schließlich, für eine halbe Stunde zum Beten hinüber ins Santuario della Madonna del Rosario zu gehen.

In der Wallfahrtskirche angekommen, kniete sich Tinor wieder am Altar vor dem Marienbild nieder und dankte der Muttergottes dafür, dass sie seine Gebete erhört hatte und dass das Wunder der Heilung geschehen war. Dann betete Tinor einen Rosenkranz für Dottore Focali und gab dabei Maria sein heiliges Ehrenwort auch ein Homöopath zu werden, falls er nicht zu dumm für die Schule wäre, um anderen Menschen zu helfen und sie von ihren Leiden zu befreien – wenngleich er zu diesem Zeitpunkt weder genau wusste, was ein Homöopath überhaupt war, noch, wie man einer werden konnte. Denn was ihm Focali am Krankenbett zu erklären versucht hatte, hatte er eigentlich nicht so recht verstanden. Oder er hatte es sich wegen des Fiebers nicht richtig merken können. Aber das war in diesem heiligen Augenblick auch vollkommen gleichgültig. Tinor wusste in dieser Sekunde nur eins ganz genau: Er wollte Homöopath werden.

Im Alter von sieben Jahren wurde Tinor eingeschult. Zu diesem festlichen Anlass kamen sogar seine Eltern und seine Geschwister nach Valle di Pompeji, die er allesamt fast ein Jahr lang nicht mehr gesehen hatte, obwohl das Waisenhaus nicht einmal eine Stunde Fußweg von Resina entfernt lag. Aber wie es schien, hatten sie sich gegenseitig nicht vermisst. Tinors Eltern und die sechs älteren Schwestern begrüßten ihn so förmlich, als stünde ihnen ein Fremder gegenüber, der die Krätze hatte. Nur bei Lucia war es anders. Ihre dunklen Kinderaugen erstrahlten, als sie ihren großen Bruder endlich wieder sah und dann fest mit ihren kleinen Ärmchen umschloss.

Im Speisesaal des Waisenhauses nahm man ein festliches Mahl ein mit allen Kindern, die eingeschult wurden, sowie mit ihren Verwandten – falls sie welche hatten –, Gönnern des Waisenhauses, den Lehrern und natürlich Monsignore Ronca, der aus diesem freudigen Anlass eine imposante Rede hielt.

Alfonso stierte während des gemeinsamen Mahls nur auf seinen Teller; nicht einmal hob er den Blick. Wie tumb stocherte er in seiner Pasta herum. Auch Concetta war anzusehen, dass sie sich bei diesem Besuch nicht wohl in ihrer Haut fühlte. Erst war sie im Dorf als Mutter eines bastardo verspottet worden, nun sprach man schlecht über sie, sie sei eine Rabenmutter, die ihren Sohn einfach ins Heim abgeschoben hatte. Man konnte es den Leuten einfach nie recht machen! Aber das böse Getratsche war ihr immer noch lieber, als diesen Sonderling in ihrem Haus zu beherbergen. Wäre da nicht dieses Einschulungsfest gewesen, sie hätte Tinor vermutlich überhaupt nicht besucht. Zudem hielt sie Tinors Schulbesuch für gänzlich überflüssig, denn was hatte so ein Dummkopf in der Schule verloren? Schließlich hatte sie selbst auch nur drei Jahre lang die Schule besucht, und aus ihr war ja schließlich auch etwas geworden.

„Aber gut", dachte sie bei sich, „wenn es der ehrwürdige Monsignore so beschlossen hat, dann soll er Tinor eben in die Schule schicken, er wird schon sehen, was er davon hat" – die Hauptsache war für sie, dass sie keine Schulgebühren bezahlen musste!

Auch Tinor war an seinem ersten Schultag nicht besonders wohl zumute. Schließlich wusste er von sich selbst bisher nur, dass er ein Dummkopf war, und er hatte große Angst, dass sich dies in der Schule bestätigen würde. Trotzdem wollte er unbedingt ein guter Schüler werden, weil er fühlte, dass er dies dem Monsignore und Schwester Giulia für ihre Barmherzigkeit schuldig war, weil er Homöopath werden wollte und weil er seinen Eltern und Geschwistern und ganz Resina beweisen wollte, dass er kein Taugenichts war, dass sie sich einfach in ihm getäuscht hatten und vielleicht doch noch etwas aus ihm werden konnte!

Wegen dieses inneren Drucks tat sich Tinor in den ersten Wochen in der Schule tatsächlich sehr schwer. Er litt unter ständigen Kopfschmerzen, spürte oft einen Druck auf den Ohren und konnte dem Unterricht nicht richtig folgen.

Wenn ein Lehrer ihn etwas fragte, wusste er zwar meistens spontan die Antwort, aber noch bevor er sie überhaupt sagen konnte, überkam ihn plötzlich eine Art Aufregung. Es war fast, als legte sich für einen Moment eine schwarze Wolke des Vergessens über sein Bewusstsein, mit dem Resultat, dass er gar nichts mehr wusste und sich nicht einmal mehr an die Frage des Lehrers erinnern konnte. Die Mitschüler lachten dann jedes Mal und klopften sich lauthals auf die Schenkel, wenn Tinor auf die einfachsten Fragen keine Antworten geben konnte. An das Gefühl, ein elender Versager zu sein, war der Junge ja schon von frühester Kindheit an gewohnt, und so nahm er die Schmach relativ gelassen hin. Vielleicht war es diese neue Gelassenheit, die ihn nach und nach etwas ruhiger werden ließ. Denn nach einigen Wochen der Eingewöhnungszeit änderte sich plötzlich alles. Es war, als täte sich vor Tinor plötzlich eine völlig neue Welt auf: die Welt des Geistes. Ihm war, als wäre ein Vorhang aufgezogen worden. Vorher war alles dunkel gewesen, jetzt war plötzlich alles licht und hell. Für den Jungen fühlte es sich an, als würde die Sonne nun direkt in sein Gehirn hineinscheinen und den Lernstoff beleuchten, sodass er ihn sehen und verstehen konnte.

Wissbegierig sog er fortan alles auf, was ihm die Lehrer vermittelten. Das Gelächter seine Mitschüler verstummte rasch, und es dauerte nur wenige Monate, bis Tinor zum Vorzeigeschüler des gesamten Waisenhauses wurde. Monsignore Roncas Freude darüber war natürlich übergroß, denn schließlich war er es gewesen, der diesen Wunderknaben quasi direkt aus der Gosse aufgesammelt und in sein Waisenhaus gebracht hatte.

Zu den anderen Kindern des Heims hatte Tinor auch weiterhin nur wenig Kontakt, auch deshalb, weil er den gleichaltrigen Schülern aus seiner Klasse geistig mit rasender Geschwindigkeit entwuchs. Auch in seiner Freizeit gab er sich ausschließlich dem Lernen hin.

Bereits nach dem ersten Schuljahr begannen Tinors Lehrer, eifrig auf den Monsignore einzureden, und waren sich einig, Tinor müsste einen außerordentlichen Intelligenzquotienten besitzen. So ein Kind hätten sie allesamt während ihrer gesamten schulischen Laufbahn noch niemals erlebt, und man müsse Tinor unbedingt fördern, da er in der hiesigen Dorfschule von Valle di

Pompeji vollkommen unterfordert sei. Monsignore Ronca fühlte sich von den Lehrern natürlich äußerst geschmeichelt. Dass er mit dem sonderbar aussehenden Kind einen solchen Goldgriff getan hatte, schrieb er der göttlichen Führung zu, die ihm, wie er glaubte, zuteilgeworden war, als er Tinor das erste Mal traf.

Nach einiger Zeit willigte Ronca schließlich ein, Tinor auf eine bessere Schule nach Neapel zu schicken. Ja, sicherlich, das kostete eine Stange Geld, aber dafür würde man auch in Rom erfahren, dass er, Monsignore Ronca, ein solch außerordentlicher Gönner und Förderer der guten schulischen Erziehung war. Bestimmt würde auch der Papst einst von dem Wunderknaben hören, und Ronca würde dadurch vielleicht Tür und Tor für eine Laufbahn im Vatikan geöffnet.

Kapitel 9

"Die Prinzipien der Homöopathie, einmal begriffen, sind klar, einfach und verständlich. Sie schwingen in Harmonie mit allen als wahr erkannten Dingen."

James Tyler Kent

Bereits wenige Wochen nach Tinors Wechsel in die höhere Schule in der Altstadt von Neapel, wurde klar, dass auch diese Bildungsstätte seinen geistigen Kapazitäten nicht annähernd gerecht werden konnte. Deshalb einigte man sich in der Lehrerkonferenz darauf, dass der Junge wegen geistiger Unterforderung zunächst zwei Klassen überspringen durfte. Am Nachmittag ließ man ihn zusätzlich an Wahlfächern teilhaben, die ansonsten nur Schüler belegten, die einige Jahre älter waren als er. Im Alter von elf Jahren sprach Tinor fließend Lateinisch und übersetzte zum Staunen aller Lehrer mit der behänden Leichtigkeit eines Muttersprachlers Cäsars „de bello gallico“, einen Klassiker, den andere Schüler auch nach mehrjährigem Lateinstudium mehr recht als schlecht übersetzen konnten.

Tinors Eltern und Geschwister hatten ihn seit dem Einschulungsfest nicht mehr besucht, obwohl natürlich auch bis nach Resina die Kunde von diesem hochbegabten Wunderkind – dem Rotschopf-Genie, wie die Neider ihn verächtlich nannten – , durchgedrungen war.

Wenngleich Tinor auch vom Zeitpunkt seiner Geburt an nicht so geliebt wurde wie seine Schwestern, waren seine Eltern in ihrer Distanziertheit doch wenigstens ein bisschen stolz auf seine schulischen Leistungen. Concetta sonnte sich nun in dem Ruhm, die Mutter eines überbegabten Wunderkindes zu sein, wenngleich ihr die anderen Dorfbewohner zu verstehen gaben, dass sie ja schon immer gewusst hätten, dass Tinor etwas ganz Besonderes sei.

Tinors Schwestern hatten nur mit allergrößter Anstrengung die Hürde des Analphabetentums überwunden, während man in Tinor im Alter von 14 Jahren ein mathematisches Genie entdeckt zu haben glaubte.

Immer wieder hatte der Hochbegabte das Glück, Lehrer und Mentoren zu finden, die seinen Genius erkannten und förderten, da sie dachten, einen kleinen Einstein vor sich zu haben. Schließlich war es erst ein paar Jahre her, dass Einstein, in Tinors Geburtsjahr 1921, den Nobelpreis für Physik erhalten hatte. Und bestimmt würden sie sich später einmal selbst wegen Tinors wissenschaftlicher Entdeckungen rühmen können. Auch Monsignore Ronca war von Stolz erfüllt, als er aus Rom ein Schreiben erhielt, in dem Giorgio Alberti, der Privatsekretär des Papstes, wissen wollte, was es denn mit diesen unglaublichen Meldungen über diesen Wunderknaben aus der Gosse auf sich hatte. Ronca antwortete natürlich sofort, denn er wusste, dass Alberti der Mensch war, mit dem der Papst am häufigsten sprach:

Ehrwürdiger Monsignore Alberti,

gleich als ich den Jungen damals auf der Kirchentreppe sitzen sah, hörte ich eine innere Stimme zu mir sprechen, dass dieses Kind etwas ganz Besonderes sei. Gott selbst hat ihn in meine Obhut gelegt, als dienender Hirte habe ich nur meine Pflicht getan, um unserem Herrn ein würdiger Untertan zu sein. Und Gottes Lohn ist gerecht, wenn er uns nun mit diesem überbegabten Jungen einen gläubigen Katholiken schenkt, der einst durch sein Wissen die römische Kirche bereichern wird. Tinor MùMille ist gerade erst 16 Jahre alt geworden und hat in unglaublicher Geschwindigkeit sieben Sprachen gelernt, darunter Latein, Altgriechisch, Hebräisch und sogar Aramäisch. Was für ein unsäglicher Schatz wäre er für unsere Kirche, wenn wir allein nur an die Übersetzung alter Schriften denken. Doch damit noch nicht genug: Tinor MùMille hat nun in einem Sondergenehmigungsverfahren die Zulassung für die Universität von Neapel erhalten, damit ist er der jüngste Italiener, der je eine Universität besuchte.

Wir wissen noch nicht genau, für welche Ausbildungsrichtung sich Tinor entscheiden wird. Sicher, diese Wahl zu treffen ist für ihn sehr schwer, da seine Begabung gleichermaßen sprachlicher wie naturwissenschaftlicher Art ist. Aber wir sind uns sicher, dass er sehr bald die richtige Wahl treffen und einst der Kirche oder gar ganz Italien zu Weltruhm verhelfen wird.

Ehrwürdiger Vater, es wäre mir eine Gnade, wenn Sie diese Botschaft auch dem Papst zukommen ließen, möglicherweise würde er Italiens jüngstes Genie sogar gern kennenlernen? Bestimmt wäre sich Tinor der selig machenden Gnade bewusst, die ihm zuteil würde, und seine Entscheidung, eine kirchliche Laufbahn als Geistlicher anzutreten, würde wie von ganz alleine fallen.

Hochachtungsvoll, Monsignore Umberto Ronca

Tinor verstand hingegen überhaupt nicht, warum um seine Person so viel Aufhebens gemacht wurde. Das Lernen kostete ihn keinerlei Mühe. Für ihn war es mehr wie ein Wiederentdecken längst bekannten Wissens, das er lediglich abrufen musste. Er hatte das Gefühl, sein Bewusstsein wäre wie eine riesige Kuppel, in der alle Informationen bereits angelegt waren. Daher stellten weder Naturwissenschaften noch Sprachen für ihn eine wirkliche Herausforderung dar.

Zum allerersten Mal war in Tinors Leben ein Zeitpunkt gekommen, an dem von ihm erwartet wurde, selbst eine Entscheidung zu treffen: Welchen universitären Ausbildungszweig würde er denn gerne wählen? Physik, Jura oder Geisteswissenschaften? Bisher hatten immer andere Menschen Entscheidung über sein Leben und seine schulische Laufbahn über seinen Kopf hinweg bestimmt. Doch die Frage, ob er überhaupt studieren wolle, hatte ihm natürlich niemand gestellt.

Erst wollte Tinor diese Frage ignorieren, aber sie drängte sich ihm immer wieder ins Bewusstsein. Wie eine lästige Fliege, die man nicht loswurde, auch wenn man noch so viel um sich schlug. Schließlich war sein Ziel, Homöopath zu werden, und er spürte, dass er von seinem Weg abkäme, wenn er nun weiterhin dem Rat seiner Lehrer und Mentoren folgte. Doch durfte er sich ihnen widersetzen, wo er doch alles, was er je erreicht hatte, ihnen verdankte? Durfte er sie enttäuschen?

Viele Ängste stiegen jetzt in Tinor auf. Schlaflos und schweißgebadet wälzte er sich nachts im Bett hin und her und sann darüber nach, ob er überhaupt fähig wäre, die für sein Leben richtigen Weichen zu stellen. Vielleicht wussten die anderen tatsächlich besser, was gut für ihn war? Doch immer mehr kristallisierte sich für Tinor heraus, dass er sich inzwischen mehr für das Nichtmaterielle, für das Feinstoffliche, für das Ungreifbare jenseits von Physik und Astronomie – für die reine Information – interessierte. Und dies war auch ein Grund, warum Tinor eigentlich überhaupt nicht studieren wollte, wenn man ihn nur gefragt hätte.

Nun schien es, als würde Tinor seine Mentoren, die jahrelang so fest an ihn geglaubt hatten, zum ersten Mal zu enttäuschen, denn bei einer Unterredung in Roncas Arbeitszimmer ließ Tinor ganz vorsichtig anklingen, dass er eigentlich weder Mathematiker, noch Physiker wie Einstein, noch Theologe werden wollte, und auch keine anderen nobelpreisverdächtigen Wissenschaften studieren wollte.

Ronca rang zunächst nach Luft und Blut stieg ihm in den Kopf. Er griff sich mit der rechten Hand ans Herz, als wollte es jeden Moment still stehen. Mit allem hatte er gerechnet, nur nicht damit.

„Warum willst du nicht studieren, Tinor, deine gesamte Ausbildung – die kann doch nicht umsonst gewesen sein! Du darfst doch deine Talente nicht einfach wegwerfen!", entgegnete ihm Ronca entrüstet und schnappte dabei nach Luft. Nach einer kurzen Atempause fuhr er fort:

„Dein Weg ist dir vorgezeichnet! Gott hat dir diese einmaligen Begabungen und Talente geschenkt, und wenn du sie nicht nutzt, ist es, als würdest du eine Sünde begehen!"

Der schlaksige Jugendliche stand verlegen und mit hängendem Kopf vor Roncas mächtigem Schreibtisch. Er traute sich jetzt nichts mehr zu sagen. Ronca hatte ihm das Gefühl vermittelt, er sei die Ausgeburt eines Unwissenden, und so wich Tinors Blick nicht mehr von dem alten Steinboden weg.

Ronca schnaubte jetzt, wuchtete seine Körpermassen aus dem Lehnstuhl und ging nervös in seinem Arbeitszimmer auf und ab. Dann holte er tief Luft, sodass sein fülliger Körper fast zu platzen drohte, und fuhr mit eindringlicher Stimme fort:

„Tinor, hör mal. Ich habe dich aus der Gosse gezogen. Ich habe dir ein schönes Zimmer gegeben, dir einen Arzt geschickt und dir die bestmögliche Schulausbildung angedeihen lassen und finanziert. Und jetzt willst du einfach kneifen? Ganz Rom schaut auf uns beide! Alle warten gespannt darauf, was du nun tun wirst, und du, du willst einfach nichts machen? Tu mir das nicht an!"

Ungläubig schüttelte Ronca den Kopf. Vor seinem geistigen Auge hatte er sich schon als engsten Vertrauten des Papstes gesehen! Oder wenigstens als geistlichen Berater eines Nobelpreisträgers, der mit seinen Ideen vielleicht die Welt revolutionieren würde. Vielleicht würde sogar auch Roncas eigener Ruhm einmal so weit reichen, dass er selbst einst für die Papstwahl kandidieren könnte! Aber was sollte nun werden? Wollte Tinor denn wirklich als Eisverkäufer in Neapel enden? Oder als Fischer in Sorrento wie sein Vater Alfonso? Würde Tinor wieder in die Gosse zurückkehren, aus der er gekommen war? Würde er all seine Talente einfach auf den Müll kippen?

Auch Schwester Giulia redete bei jeder Gelegenheit energisch auf Tinor ein: „Wenn du schon nicht studieren willst, dann schlag wenigstens eine kirchliche Laufbahn ein! Wer so fließend Altgriechisch spricht wie du, wird vom Vatikan mit offenen Armen empfangen!"

Diese vielen Unterredungen endeten immer gleich: Tinor stand stoisch da und antwortete nicht mehr auf die verlockenden Vorschläge. Nach rund zwei Wochen schrieb er sich schließlich widerwillig für ein Medizinstudium ein. Zu sehr fühlte er sich dem Monsignore, Schwester Giulia, die für ihn fast eine Art Ersatzmutter geworden war, und all seinen Lehrern und Förderern verpflichtet. Sie alle hatten sich doch so intensiv um seine schulische Laufbahn bemüht, dass Tinor keinen anderen Ausweg sah, als aus Dankbarkeit ein Studium zu beginnen. Schließlich waren sie außer Maiuri, Focali und seiner kleinen Schwester Lucia, die einzigen Menschen, die sich jemals um sein Wohlergehen gekümmert hatten. Selbst wenn sich bei manch einem von ihnen hinter dem Mantel des Wohlwollens vielleicht doch nur eigennützige Motive verborgen hielten.

Kapitel 10

„Die reine homöopathische Heilart ist der einzig richtige, der einzig durch Menschenkunst mögliche, geradeste Heilweg, so gewiß zwischen zwei gegebenen Punkten nur eine einzige gerade Linie möglich ist."

Samuel Hahnemann

Tinors Gönner und Förderer waren einerseits hocherfreut, dass sich ihr Zögling nach langem Ringen nun doch noch zu einem Studium entschlossen hatte. Ihr Traum, Tinor würde eine geisteswissenschaftliche Laufbahn einschlagen, war mit der Wahl des Medizinstudiums allerdings fürs Erste geplatzt.

Und die Empörung darüber war groß, als sie erfuhren, dass Tinor an der Universität Federico II in Neapel zu studieren gedachte. Der bereits im Jahr 1224 vom römisch-deutschen Kaiser und König von Sizilien Friedrich II. gegründete Universität eilte in kirchlichen Kreisen ein schlechter Ruf voraus. Friedrich II. widersetzte sich dem Willen der damaligen Päpste und führte an der Universität eine aufgeklärte naturwissenschaftliche Lehre ein. So wurde die Universität von Neapel europaweit zur ersten Bildungsstätte, die ohne päpstliches Siegel lehrte – was Monsignore Umberto Ronca und anderen kirchlichen Würdenträgern immer noch ein Dorn im Auge war. Zu viel Freigeist, das konnte auf Dauer wahrlich nicht gut sein.

Tinor hingegen war sichtlich erfreut über die erste Wahl, die er in seinem Leben selbst getroffen hatte. Er spürte den freien Geist dieser Universität in allen Gängen wehen, und das Gefühl der Enge, das er unter der kirchlichen Leitung und hinter den dicken Klostermauern im Waisenhaus oft verspürt hatte, fiel wie ein Schatten, der ihn stets begleitet hatte, von ihm ab. Tinor fühlte, dass es eine gute Entscheidung war, dass er das Stipendium der Universität Neapel angenommen hatte, obwohl er nicht wusste, was er eigentlich nach dem Studium anfangen sollte. Aber das würde sich zu gegebener Zeit zeigen.

Auch der Auszug aus dem Waisenhaus in ein Studentenwohnheim am Corso Umberto I. hatte ihm gut getan. Zum ersten Mal in seinem Leben konnte Tinor machen, was er wollte, und so ging er allabendlich seinen eigenen privaten Studien nach.

Ebenso wie in den Jahren zuvor wurde Tinor von den anderen Studenten als Sonderling abgestempelt. Er blieb das Rotschopf-Genie von Neapel, man neidete ihm seine Talente und Begabungen, und seine zurückgezogene Art wirkte auf die meisten Menschen befremdlich.

Tinor hingegen konnte mit dem Missmut der anderen Studenten immer gelassener umgehen, jetzt, wo er eine eigene kleine Studentenbude für seinen inneren Rückzug hatte, fiel es ihm noch leichter als je zuvor. Alleinsein war für ihn kein Problem, die Menschen waren es, die ihm das Leben schwer machten.

Innerhalb von vier Jahren schloss Tinor das Medizinstudium an der Universität Federico II in Neapel mit summa cum laude, der höchsten Auszeichnung, ab.

Nicht nur am Golf von Neapel, in ganz Italien feierte man nun das Wunderkind, das schon im Alter von 20 Jahren die Doktorwürde erhalten hatte. In Neapels größter Tageszeitung war sogar ein großes Foto von

Tinor und Monsignore Ronca auf der Titelseite platziert, darunter der Leitartikel „Italiens jüngster Arzt!“ Die Fotografie zeigte den korpulenten Ronca mit stolz angehobener Brust, der jovial seinen Arm um einen hageren jungen Mann legte. Dieser brachte vermutlich nicht einmal 50 Kilo auf die Waage und seiner blasser Gesichtsausdruck legte davon Zeugnis ab, dass er überhaupt nicht wusste, wie ihm geschah und was der ganze Rummel eigentlich sollte.

Der Schreiber des Leitartikels war sich über Tinors weitere Laufbahn jedoch ganz sicher: Der bravouröse Abschluss an der medizinischen Fakultät von Neapel sollte Tinor nun weltweit Tür und Tor zu jedem Operationssaal und jeder Forschungseinrichtung öffnen. Vermutlich lagen dem jungen Doktor mit den goldenen Händen auch schon haufenweise Angebote aus aller Welt vor! Sicherlich würde Tinor die moderne Chirurgie revolutionieren und neue Operationstechniken erfinden oder als forschender Biologe Meilensteine in der Geschichte der Medizin setzen. Wer waren schon Louis Pasteur und Robert Koch im Vergleich zu Italiens jüngstem Medizintalent?

Sogar Giorgio Alberti, der Privatsekretär des Papstes, ließ sich zu einer schriftlichen Gratulation hinreißen, und in der Altstadt von Neapel hissten viele Bürger auf ihren Balkonen die italienische Flagge als Zeichen der Anerkennung für Tinors Verdienste um die Heimat.

An diesem warmen Frühlingsabend versammelten sich viele Menschen jubelnd und staunend vor dem Rathaus auf der Piazza del Municipio, als der amtierende Bürgermeister Tinor feierlich zum Ehrenbürger von Neapel ernannte.

Während Tinor vor dem Rathaus die Urkunde entgegennahm und scheu in die Menschenmassen blickte, war ihm, als hätte er in den hinteren Reihen seine Mutter und neben ihr eine junge Frau erblickt. Sicher war er sich aber nicht. Zu lange hatte er keinen Kontakt mehr zu seiner Familie gehabt. Wehmütig dachte er an Lucia, an deren Kindheit, an der er nicht hatte teilhaben können. Wie mochte sie wohl heute aussehen? Vielleicht war sie ja die hübsche junge Frau mit dem braunen Lockenschopf, die er gerade gesehen hatte.

Alle wollten an diesem Sommerabend natürlich mehr über das Rotschopf-Genie wissen, es von der Nähe sehen oder ein Interview für eine Zeitung machen. Jemand, der ihm eine Frage stellen wollte, zupfte ihn sogar am Hemdsärmel. Doch Tinor war der ganze Aufruhr und das Drängeln und Raunen der Leute zu viel, am liebsten hätte er sich unsichtbar gemacht. Schnell verstaute er die Ehrenbürgerurkunde in seiner Tasche und verließ fluchtartig die übervolle Piazza.

Mit Spannung erwarteten Monsignore Ronca und Tinors Professoren und Mentoren nun seine Entscheidung, an welcher Universitätsklinik er nun zu operieren gedächte oder wo er seine Forschungen betreiben würde und vor allem, welcher Stadt er mit seiner bloßen Anwesenheit vielleicht zu Weltruhm verhelfen würde.

Tinors einstige Abneigung gegen ein Studium führten sie allesamt auf eine schwere pubertäre Krise zurück. Natürlich, man musste so einem heimatlosen Waisenkind erst einmal den richtigen Weg weisen. Jetzt, da Tinor die Doktorwürde mit summa cum laude verliehen worden war, sah die Welt doch schon ganz anders aus, und man konnte davon ausgehen, dass er ein erwachsener Mann war, der wusste, was er wollte und was das Beste für seine weitere berufliche Laufbahn und für Italien wäre. Deshalb waren sich insgeheim alle ganz sicher, dass Tinor sich nur für eine einzige Stadt der Welt entscheiden könnte: Rom.

Kapitel 11

„Gift in den Händen eines Weisen ist ein Heilmittel, ein Heilmittel in den Händen eines Toren ist ein Gift."
Giacomo Girolamo Casanova

Sehr früh am nächsten Morgen verließ Tinor hastig sein kleines Studentenzimmer und suchte Dottore Focali auf, der in einer kleinen homöopathischen Praxis in der Altstadt von Neapel praktizierte.

Er erkannte Tinor zunächst nicht gleich wieder, schließlich waren inzwischen fast 15 Jahre vergangen, seit er ihn das letzte Mal als kleines Kind gesehen hatte. Aber irgendetwas kam ihm an dem jungen Mann bekannt vor, vielleicht weil er sein Photo erst kürzlich in der Zeitung gesehen hatte. Vielleicht waren es aber auch die krausen roten Haare, die blasse, mit Sommersprossen übersäte Haut oder das hagere Antlitz des Italieners, das Focali irgendwie vertraut anmutete. Als Tinor sich vorstellte, verharrte Focali zunächst für einige Sekunden reglos, aber dann sah er ihn plötzlich vor seinem geistigen Auge wieder, den kränklichen, blassen Jungen im Waisenhaus, den er damals wegen des Wechselfiebers behandelt hatte.

Focali begrüßte den jungen Mann aufs Herzlichste und bat ihn, gegenüber von seinem antiken Schreibpult Platz zu nehmen.

„Signor Focali", begann Tinor zögerlich, „ich bin kein Mann von großen Reden, ich möchte Ihnen daher gleich ohne Umschweife mein Anliegen vortragen: Ich möchte Homöopath werden, wo würden Sie vorschlagen, dass ich mich ausbilden lassen sollte?"

Focali war sichtlich überrascht, schließlich saß vor ihm der jüngste Mediziner Italiens, ein neues Genie am Medizinhimmel, wie die Zeitung Tinor beschrieben hatte, und das wollte ausgerechnet Homöopath werden! Focali fühlte sich und seinen Berufstand zutiefst geehrt.

„Ich freue mich sehr", sagte der Homöopath, „und ich denke, dass Sie hier in Neapel eigentlich genau am richtigen Ort sind! Schließlich kam die Homöopathie in der so genannten Zeit der Verkündung bereits 1827, also noch zu Lebzeiten Hahnemanns, nach Italien, und man sagt sogar, dass Neapel die allererste Stadt außerhalb Deutschlands gewesen sei, in der sich die Lehre der Homöopathie etablierte. Und bereits um 1830 studierten wichtige Schüler Hahnemanns wie die beiden Franzosen Sébastien Des Guidi und Benoît Mure hier in Neapel die Homöopathie. Selbst in Amerika dauerte es noch einige Jährchen länger, bis die Kunde der Homöopathie über den großen Teich schwappte. Also, warum beginnen Sie nicht gleich hier in Neapel eine Ausbildung? Ich kann Ihnen eine ausgezeichnete Schule empfehlen. Und Sie wissen ja, jede Schule wird Sie mit offenen Armen empfangen! Und auch ich wäre natürlich gern bereit, Sie während ihrer Ausbildungszeit zu unterstützen. Wenn Sie Fragen haben, können Sie sich jederzeit an mich wenden."

„Tante grazie, signor Focali", erwiderte Tinor, „aber ich möchte weit fort von hier. Jeder Mensch hier glaubt mich zu kennen und zu wissen, wer ich bin und was ich machen möchte. Fremde haben mich sogar schon auf der Straße angesprochen und um eine Unterschrift gebeten. Was soll ich diesen Menschen denn sagen? Ich bin ihnen doch nichts schuldig! Ich will doch nur in Ruhe mein eigenes Leben führen, verstehen Sie? Und dazu kommt der Krieg in Deutschland, er bereitet mir große Sorgen. Ich will in Frieden leben. Die Zwistigkeiten, die ich in meiner Kindheit erlebt habe, reichen für ein ganzes Leben aus. Es ist nicht vorhersehbar, wie sich die politischen Ereignisse weiterentwickeln werden, aber ich habe kein gutes Gefühl. Ich denke, auch Italien wird in den Krieg involviert werden. Ich glaube nicht, dass ich überhaupt in Europa bleiben möchte. Ich will nach Amerika! Könnten Sie mir dort eine Universität empfehlen?"

„Gut, junger Mann, ich verstehe Sie, wenngleich ich sehr bedaure, dass Sie Italien und im Speziellen Neapel verlassen möchten, aber ich kann Ihre Gründe und Bedenken gut nachvollziehen. Ich bin viel zu alt und schon so lange in Neapel verwurzelt, um überhaupt darüber nachzudenken, mir irgendwo anders auf der Welt noch einmal eine Existenz aufzubauen. Aber Sie, verehrter Dr. MùMille, Sie sind jung und begabt! Gut, mein Lieber – gehen Sie nach New York! In Amerika erlebt die Homöopathie in diesen Zeiten einen sehr großen Aufschwung. Das verdankt sie immer noch Doktor Constantin Hering. Er war einer der wichtigsten Schüler Hahnemanns und ein sehr experimentierfreudiger Arzt. Er hinterließ ein monumentale Lehrbuch, die Materia Medica, in zehn Bänden, das immer noch zu der besten und vollständigsten homöopathischen Arzneimittellehren zählt."

Focali stand auf, ging zu seinem großen Bücherregal und strich mit einer Hand liebevoll über das zehnbändige Werk Herings. Dann fuhr er fort: „Der Enthusiasmus dieses hervorragenden Mannes ging übrigens so weit, dass er sich selbst eine schwere Vergiftung mit dem Schlangengift Lachesis zuzog. Dieses wissenschaftliche Märtyrertum ermöglichte aber, dass Hering der Homöopathie das so wichtige Konzept der Nosoden brachte! Unter Nosoden versteht man in der Homöopathie eine Arzneimittelgruppe, die aus tierischem oder menschlichem Material wie Blut, Sekreten oder Krankheitserregern hergestellt wird. Aber ich will Ihre Zeit nicht so lange in Anspruch nehmen und Ihnen keine Vorträge halten, Sie werden ja selbst noch genug über die Homöopathie lernen! Gut, Tinor, gehen Sie nach Amerika und treten Sie Hahnemanns Erbe an! Ich wünsche Ihnen viel Erfolg. Und Sie wissen ja, wo Sie mich finden, sollten Sie einst einmal meine Hilfe benötigen. Bevor ich es aber vergesse: Versäumen Sie nicht, wenn Sie über dem großen Teich sind, das Hahnemann Denkmal in Washington zu besuchen! Es wurde vor über 40 Jahren eingeweiht und es ist weltweit das größte Hahnemann Denkmal – sehr beeindruckend! Buon viaggio!"

Tinor nahm dankbar den Zettel entgegen, auf dem Focali die Adresse der New Yorker Universität aufgeschrieben hatte und verabschiedete sich stumm mit einem freundschaftlichen Handschlag.

Kapitel 12

„Wenn jemand sich Homöopath nennt, kann er nur Homöopathie machen und nichts anderes; wenn man das Ähnlichkeitsgesetz anerkennt, hat man keine Wahl!"

Adolf zur Lippe

Fassungslosigkeit und Bestürzung machten sich breit, als Tinors Mentoren und Professoren davon erfuhren, dass ihr Zögling Homöopath werden wollte. Wie konnte so etwas nur geschehen? War Homöopathie in ihren Augen doch nichts anderes als die reine Scharlatanerie mit Scheinmedikamenten – eine Heilweise, die sich überhaupt nur wegen der Dummheit und der Gutgläubigkeit der Menschen etabliert haben konnte! Gut, Monsignore Ronca wusste zwar seinerzeit um Tinors Heilung durch den homöopathiekundigen Arzt Focali, aber das konnte auch bloßer Zufall gewesen sein, deshalb musste Tinor doch nicht gleich selbst Homöopath werden! Er, Umberto Ronca, war als Kind schließlich auch einmal im Wanderzirkus – und er war begeistert gewesen – aber deshalb war er doch um Himmels Willen nicht Clown geworden!

Warum wollte der junge Wunderarzt seine Talente so vergeuden, der Mann mit den goldenen Händen, mit dem sich jede Klinik gern in ihrem Operationssaal-Saal gebrüstet hätte? Warum wollte Tinor im Schatten der populären Medizintradition heilen, wo er doch im Licht der Weltöffentlichkeit stehen könnte? Ja, ein Schattenheiler wollte sein Zögling werden! Doch ungeachtet der Meinung anderer hob Tinor noch am gleichen Tag, an dem er Focali besucht hatte, Geld von seinem Konto auf der Banca di Napoli ab, das er sich im Krankenhaus beim Assistieren in der Chirurgie verdient hatte. Dann ging er zum Hafen und kaufte sich am Ticketschalter eine Karte für die Überfahrt Napoli – Genua – New York für den übernächsten Tag.

Zurück im Studentenwohnheim stopfte der junge Arzt seine wenigen Habseligkeiten in einen Koffer und machte noch allerhand Besorgungen um reisefertig zu sein, weil er den nächsten Tag ganz für sich allein zur Verfügung haben wollte. Tinor wollte sich noch von seiner Heimat verabschieden, die er ja vielleicht nie wieder sehen würde.

Am nächsten Tag, gleich morgens um acht Uhr, als die Hitze noch nicht mit ihrer vollen Kraft auf die pulsierende Stadt Neapel drückte, ging Tinor zum Bahnhof und bestieg den Bus nach Valle di Pompeji.

Obwohl er viele Jahre nicht mehr dort gewesen war, hatte sich in dem kleinen Nest kaum etwas verändert. Die Zeit schien hier spurlos vorübergegangen zu sein. Wie seit Hunderten vor Jahren spielten barfüßige Kinder auf der Piazza und ehrfürchtige Pilger knieten nieder und küssten die steinerne Treppe vor dem Portal der Wallfahrtskirche der Rosenkranzmadonna.

Auch Tinor ging wieder in die Kirche, kniete wie in früheren Zeiten am Altar vor dem Marienbild nieder und betete leise:

„Siehst du, jetzt löse ich mein Versprechen ein, das ich dir vor vielen, vielen Jahren gegeben habe: Ich werde Homöopath!" Und es war ihm, als hätte die Madonna ihn angelächelt.

Anschließend besuchte Tinor zum Abschiednehmen das Waisenhaus, in dem er so viele Kindheitsjahre verbracht hatte. Aber er traf Monsignore Ronca nicht an – der war gerade nach Rom abkommandiert worden. Tinor freute sich, dass Roncas Wunschtraum von einer kirchlichen Laufbahn im Vatikan anscheinend in Erfüllung gegangen war. Schwester Giulia war bereits gestorben, kurz nachdem Tinor mit dem Medizinstudium begonnen hatte, und sonst gab es im Waisenhaus niemanden, zu dem Tinor einen innigen persönlichen Kontakt gehabt hatte.

So wandelte er allein wie ein Fremder unter Fremden in dem Waisenhaus umher, in dem er doch die Maserung jedes Steins, jede Stufe und jeden Duft in den verschiedenen Räumen kannte. Nachdem sich Tinor innerlich von Valle di Pompeji, der Wallfahrtskirche und dem Waisenhaus verabschiedet hatte, bat er an der Klosterpforte, seine Schuhe für ein paar Stunden abstellen zu dürfen, er würde sie am Abend wieder holen.

Barfuß wie in seiner Kindheit lief Tinor jetzt den altbekannten Weg an der Küste entlang bis zu seinem Heimatort Resina. Vielleicht war es ja das letzte Mal in seinem Leben, dass er den Duft der Zitronen- und Orangenblüten riechen und den Blick auf das azurblaue Meer vor der felsenzerklüfteten Sorrent Halbinsel richten würde. Wie damals als Kind versuchte er, jede Sekunde dieser kostbaren Augenblicke mit allen Poren seines Seins aufzusaugen und für immer in all seinen Körperzellen zu speichern.

Verschwitzt erreichte er schließlich das Haus seiner Kindheit, das er die letzten fünfzehn Jahre nicht mehr betreten hatte.

Gleich unterhalb des Hauses war inzwischen die alte Römerstadt Herculaneum fast vollständig freigelegt worden. Doch ansonsten schien auch in diesem kleinen süditalienischen Dorf die Zeit stillzustehen. Horden von Kindern liefen barfuß und wild schreiend durch die schmalen Gässchen, in denen zwischen den Häusern die Wäsche hing. Magere Katzen streunten durch die Gegend, immer auf der Suche nach einem leckeren Happen. Und hie und da saß eine schwarz gekleidete alte Frau vor ihrer ärmlichen Behausung, scheinbar vertieft in ihre Handarbeit. Wie eh und je saß dort auch die alte Nachbarin Gilda. Neben ihrer Eingangstür hing ein alter, verrosteter Vogelkäfig mit einem Kanarienvogel, der ab und zu ein leises „Piep“ von sich gab. Als sie Tinor erblickte, huschte zwar eine kurze Erinnerung aus der Vergangenheit über ihr greises Gesicht, aber Gilda war jetzt schon zu alt und zu müde geworden, um sich weitere Gedanken über die MùMilles zu machen.

Als Tinor am Haus seiner bitteren Kindheitstage angelangt war, klopfte er an der hölzernen Eingangstür, doch es schien niemand da zu sein. Das altmodische Namensschild hing jedoch noch an der Tür. Auch nach mehrmaligem Klopfen öffnete niemand. Tinor zog einen Umschlag aus der Hosentasche, in den er etwas Geld gesteckt hatte, und beschriftete ihn mit „per Lucia". Auf die Rückseite schrieb er: „Amore, vado in America. Forse ci vediamo un’altra volta. Tuo fratello Tinor.“ Dann steckte er den Umschlag zwischen Tür und Türstock und nahm den gleichen Weg zurück nach Valle di Pompeji, um im Waisenhaus seine Schuhe abzuholen.

Kapitel 13

„Wähle, um sanft, schnell, gewiß und dauerhaft zu heilen, in jedem Krankheitsfall eine Arznei, welche ein ähnliches Leiden erregen kann, als sie heilen soll!"

Samuel Hahnemann

Tinor stand am Bug des Dampfers, als die Seastar III am Abend des 5. Oktober 1941 in Sichtweite des Hafens von New York gelangte. Der hagere Italiener, der vor einigen Wochen aus der drückenden Hitze Neapels aufgebrochen war, fröstelte. Ein rauher Wind wehte an Deck, und die Dämmerung war bereits hereingebrochen.

Aber nicht nur die ungewohnt kühlen Temperaturen ließen ihn Schauer über den Rücken rieseln, sondern auch die seltsam feierliche Stimmung der über 2000 Menschen an Bord. Für die meisten von ihnen bedeutete der Anblick der imposanten Freiheitsstatue wirklich Freiheit und Leben, weil sie es geschafft hatten, dem Krieg in Europa zu entfliehen. Viele der Passagiere an Bord waren Juden. Nur einige wenige deutsche und italienische Nichtjuden befanden sich unter ihnen, die damals das Geld und den Weitblick besaßen, vor dem kommenden Inferno des Krieges in Europa zu fliehen. Viele Menschen umarmten und küssten sich vor Freude und ließen ihren Tränen freien Lauf. Fassungslos blickten kleine Kinder auf den Freudentaumel ihrer Eltern. Erst viel später sollten sie verstehen, dass der Anblick der Freiheitsstatue und das neue Leben in Amerika ein Privileg war, das nur sehr wenigen zuteil geworden war.

Tinor mietete sich in einem kleinen Studentenwohnheim in der Nähe der Homeopathic University von

New York ein. Der Name „University“ war für die damaligen Verhältnisse natürlich etwas überzogen, denn bei dem Universitätsgebäude handelte es sich lediglich um ein bescheidenes New Yorker Stadthaus, dessen Wohnräume zu kleinen Hörsälen und Seminarräumen umgebaut worden waren. Aber dennoch, in diesen dürftigen Räumlichkeiten wurden schon damals Vorträge von internationalen Kapazitäten auf dem Gebiet der Homöopathie abgehalten.

In der Universität wurde Dr. MùMille sowohl von den Studenten als auch von den Dozenten mit großer Ehrerbietung und Ehrfurcht empfangen, denn in Windeseile hatte sich sein Ruf als Überbegabter bis in die neue Welt verbreitet. Deshalb war es für Focali leicht gewesen, für Tinor ein Stipendium an der Homeopathic University von New York zu erwirken.

Von der Stadt selbst und dem pulsierenden Leben und Treiben um ihn herum, blieb Tinor allerdings gänzlich unbeeindruckt. Was ihm auf Dauer fehlte, waren nicht die Menschen, sondern seine geliebte Natur. Schließlich kannte es Tinor aus seinem kurzen Leben auch nicht anders. Er wusste nicht, wie es ist, Freunde zu haben. Er wusste nicht, wie es ist, wirklich geliebt zu werden. Und er wusste nicht, wie es ist, verliebt zu sein oder zu lieben. So machte es ihm nicht viel aus, dass der Kontakt zu seinen Studienkollegen auch hier überaus verhalten war.

Tinor lebte, wie er es seit seiner Kindheit schon immer gewohnt war, ganz allein und zurückgezogen von der Welt in seinem kleinen Studentenzimmer, das er nur verließ, um in die Uni zu gehen, Bücher zu kaufen oder wenn der Kühlschrank ganz leer war. Tinor bemerkte wohl die argwöhnischen Blicke, die seine Kommilitonen ihm jeden Tag bei den Vorlesungen zuwarfen. Er spürte, wie er von den anderen beobachtet und gemustert wurde, und fühlte ihre Verwirrung, weil sie den gleichaltrigen Sonderling mit der krausen Sturmfrisur und den immer eine Nummer zu groß wirkenden Anzügen, die schlapp an seinem hageren Körper herunterhingen, in keine Schublade einordnen konnten. Der Versuch, Tinor irgendwo einreihen zu können, verwandelte sich bei vielen seiner Kollegen sogar fast in eine Art Angst vor ihm. Denn unschwer erkannte jedermann den Genius, der dem Italiener innewohnte, obwohl Tinor immer äußerst bescheiden auftrat und selbst in den Vorlesungen nur etwas zum Unterricht beitrug, wenn er von einem Dozenten dazu aufgefordert wurde. Auch wussten die anderen Studenten natürlich, dass der Gleichaltrige bereits ein Medizinstudium mit summa cum laude abgeschlossen hatte und sieben Fremdsprachen – darunter vier alte Sprachen – beherrschte. Und so dauerte es nicht lange, bis der schlacksige Rothaarige auch an dieser Universität zum Gesprächsthema Nummer eins wurde.

Ein damaliger Student an der Homeopathic University von New York, der Engländer Keith Mulligan, schilderte seine Bekanntschaft mit Dr. MùMille viele Jahre später einem Kollegen so:

„Ehrlich gesagt, es war wirklich sehr befremdlich, dem MùMille zu begegnen. Ich wusste zunächst überhaupt nicht, was ich von ihm halten sollte. Da kam ein fertiger Mediziner aus Italien an unsere kleine Universität, der noch dazu mit summa cum laude promoviert hatte. Natürlich war keiner der damaligen

Studenten bereits Arzt! Vor lauter Ehrfurcht trauten wir uns zunächst gar nicht mit ihm zu sprechen. Und weil der MùMille privat auch kaum etwas sagte, gaben wir Studenten ihm heimlich den Namen 'der Stumme'. Wenn MùMille den Korridor entlang ging, hörte man nicht einmal seine Schritte. Diese lautlose, bescheidene Art seines Auftretens hatte für uns fast etwas Arrogantes an sich, als ob er mit uns eigentlich gar nichts zu tun haben wollte. Genau wie die anderen entwickelte auch ich demzufolge keine persönliche Beziehung zu ihm; niemand von uns hatte ihn jemals in seiner Bude besucht oder wäre auch nur auf einen Drink mit ihm ausgegangen. Jetzt, so viele Jahre später, tut mir das wirklich sehr leid. Aber jeder weiß ja, wie das ist, wenn man jung ist und zu einem bestimmten Freundeskreis gehört. Da hat ein Außenseiter eben keine Chance."

Kapitel 14

„Das Simile-Prinzip ist ein heiliges Urphänomen unseres Daseins.“
Herbert Fritsche

Was ihm tagsüber in der Universität geboten wurde, begann den Hochbegabten aber schon bald zu langweilen und so begann Tinor nachts sämtliche homöopathischen Werke über Arzneimittellehren mit seiner fotografischen Aufnahmefähigkeit zu verinnerlichen. Nach dem Studium von Hahnemanns *Organon der Heilkunst* und seiner Materia medica *Reine Arzneimittellehre*, begann Tinor mit dem zehnbändigen Werk *Guiding Symptoms*, von dem deutschen Arzt Constantin Hering aus dem Jahre 1879. Focali hatte Tinor damals bereits etwas über diesen Schüler Hahnemanns erzählt. Hering hatte sich 1833 in Philadelphia niedergelassen und dort das Hahnemann Medical College and Hospital gegründet. Diese Schule brachte dann die erste große Generation amerikanischer Homöopathen hervor.

Tinor setzte sein Studium daher mit den Werken von Herings Schülern fort: Er vertiefte sich zunächst in die *Materia medica* von Timothy F. Allens, dann in H. C. Allens *Materia medica der Nosoden*. Schließlich verinnerlichte er ein auch heute noch gültiges, über 2000 Seiten umfassendes Standardwerk der Homöopathie, *J. T. Kents Repertorium*, das nach einem Kopf-zu-Fuß-Schema die verschiedenartigsten Krankheitssymptome beschreibt, um die dazu passende homöopathische Arznei – das Simile – zu finden, das wie ein Schlüssel ins Schloss passt .

In seiner New Yorker Zeit wurden diese Arzneimittellehren für Tinor zu einer Art Ersatz für die Natur, die er so sehr vermisste. Denn die umfangreichen Wälzer enthielten Beschreibungen von allen körperlichen und geistigen Symptomen, die Heilpflanzen, Mineralien oder Stoffe aus dem Tierreich, auslösten, wenn man sie gesunden Menschen verabreichte.

Und so gelangte Tinor nicht nur zu einem tief verankerten Wissen über die reinen Leitsymptome, sondern ihn interessierte im Besonderen auch die „Signatur" einer Pflanze. Und darüber lernte er Wesentliches in den Werken des Philippus Theophrastus Aureolus Bombastus von Hohenheim, genannt Paracelsus. Tinor erkannte in dem Schweizer Arzt und Alchemisten schnell einen Bahnbrecher der homöopathischen Idee, denn Paracelsus ließ sich bei der Auswahl der Mittel von der Ähnlichkeit leiten: Er studierte die Pflanzensignaturen und machte sie zu einem Kriterium für die Arzneimittelauswahl. Es faszinierte Tinor, dass der Gelehrte bereits im 16. Jahrhundert gewusst haben soll, dass beispielsweise Hypericum perforatum, Johanniskraut, ein geeignetes Mittel für die Wundheilung war, weil die auffällig großen Öldrüsen auf den Blättern der Pflanze Ähnlichkeit mit den Poren der menschlichen Haut aufwiesen.

Bereits durch ihr äußeres Erscheinungsbild liefere eine Pflanze Hinweise auf ihre Heilwirkung im menschlichen Körper – wie simpel und genial zugleich! Über diese von Paracelsus begründete Signaturenlehre sagte der Meister selbst:

„Ihr wisset durch die Kunst der Signatur, dass jedes Ding nach dem, aus dem es ist und zu dem es gehört, gezeichnet wird, damit es immer gleich gefunden werde, wie es die Kunst der Signatur anzeigt, die jeder Arzt kennen soll, um dies zu verstehen."

Wie gebannt studierte Tinor in den folgenden Nächten alle Werke des Paracelsus. Sofort erkannte er, dass in ihm die drei Qualitäten eines vollkommenen Homöopathen vereint waren: Paracelsus war Lehrer, Kliniker und Therapeut. Er verstand es, auf allen Ebenen die äußeren und inneren, die allgemeinen und die besonderen Eigenschaften richtig einzuschätzen.

Seine Art und Weise, Naturbetrachtungen in Beziehung zum menschlichen Körper zu setzen, hatte Tinor vom ersten Augenblick an gefesselt, ja, viel mehr noch, es war ihm, als verspürte er in jeder seiner Körperzellen eine unsichtbarer Resonanz zu Paracelsus Werken und Ideen – eine Art geistige Blutsbruderschaft. Und diese für ihn fühlbare Schwingung erklärte ihm jetzt, während seines eigenen Bewusstwerdungsprozesses, warum er sich schon als kleiner Junge von allen Pflanzen und Gewächsen wie magisch angezogen gefühlt hatte.

Tinor verfolgte den Gedanken, dass sein Lebensweg möglicherweise schon von Anfang an vorgezeichnet gewesen war. So wie eine gerade Linie von A nach B führt. Ja, wer sich einmal der Homöopathie verschrieben hatte, hatte eben keine Wahlmöglichkeiten mehr. Vermutlich war es auch kein Zufall gewesen, dass es eine homöopathische Arznei war, die ihm damals als Kind das Leben gerettet hatte.

Genau so muss es sein, dachte er, wenn man einer Berufung folgt. Und in Paracelsus fand MùMille jetzt seinen Meister, der bislang Unausgesprochenes in Worte gefasst hatte, und dessen Gedanken sich in Tinors innere Konzepte wie fehlende Puzzlesteine einpassten und sie zur Perfektion ergänzten.

Samuel Hahnemann hingegen hatte in Paracelsus ganz und gar nicht seinen Meister gesehen, ja, er hatte ihn sogar gänzlich abglehnt, obwohl ihm Paracelsus nicht nur vom Wesen und vom Geiste her sehr glich, sondern ihm sogar von seiner körperlichen Statur her überaus ähnlich gesehen hatte. Heilkundige sprechen sogar davon, dass Hahnemann die Inkarnation von Paracelsus sei, der erst in seiner Wiederverkörperung als Samuel Hahnemann das Wissen um das Simile – die der Krankheit ähnlichste Arznei – experimentell hatte beweisen können. Vielleicht war Hahnemann sozusagen eine höhere Potenz von Paracelsus, so spekulierte Tinor weiter. Möglicherweise gab es tatsächlich so etwas wie einen Strahl, eine Art energetische Verbindung zwischen all den herausragenden Heilern oder Homöopathen auf dieser Welt, eine Art unsichtbares Ähnlichkeitsgesetz, das sich durch die verschiedenen Jahrhunderte wob? Vielleicht waren die herausragenden Heiler aller Zeitepochen aber auch eine Art Simile voneinander?

Diese Art philosophischer Gedanken ließen Tinor jedes Mal weit von seinem eigentlichen Studium abschweifen und er entglitt viele Abende dem Gefühl von Zeit und Raum. Benommen lag er dann auf seinem Bett, versunken in einem Meer von Gedanken, die sich so lange ins Unendliche potenzierten, bis er sie selbst kaum mehr fassen konnte. Und doch spürte er, dass ihn sein Weg einst irgendwohin führen müsste. Dann tauchte er aus dem Nirgendwoland wieder im Hier und Jetzt auf, fuhr sich mit beiden Händen durch die krausen Locken und vertiefte sich von Neuem in seine Studien.

In den von Paracelsus überlieferten Materialien galt Tinors besonderes Interesse auch der Theorie über die „Quinta essentia“. So bezeichnete Paracelsus die geistige Kraft, die einer Pflanze, einem Mineral, einem Tier oder einem Menschen innewohnt – der Weltgeist oder die Weltenergie. In Pflanzen zeige sich die Quintessenz in ihrer vegetativen Kraft, in einem Mineral an der geometrischen Struktur, im Tier als Empfindung und im Menschen als Bewusstsein. Paracelsus hatte erkannt, dass ein Medikament lediglich Träger einer astralen Kraft sei, die in sich die Quinta essentia barg.

Je tiefere Einblicke Tinor in die geistigen Hinterlassenschaften und Welten des Paracelsus erhielt, der auch Astrologe, Zauberer und Theologe war, desto klarer erkannte er in ihm den geistigen Vorreiter Hahnemanns, und Tinor wurde sich immer sicherer, dass es irgendeine Art von Verbindung zwischen den beiden Heilern gegeben haben musste. Denn ähnlich wie Hahnemann bemühte sich auch Paracelsus bei der Herstellung der Heilmittel, das darin für den Menschen Schädliche ins Unendliche zu eliminieren, um den Geist daraus zu extrahieren und einen geeigneten Trägerstoff zu finden, der diesen Geist, die Quinta essentia, beförderte, ohne dabei die Wirksamkeit der Arznei zu vermindern. Doch ganz gelang dies dem Meister nicht, denn vorzeitig wurde Paracelsus vom Tod heimgesucht: Ähnlich wie Hahnemann unternahm der Alchemist sehr viele Selbstversuche, doch der letzte Schritt in der homöopathischen Arzneimittelherstellung – das Potenzieren – blieb diesem vorbehalten. Paracelsus verstarb an einer Bleivergiftung, als er bei einem Selbstversuch eine Ohrenentzündung kurieren wollte, doch die selbst verabreichte Dosis war zu hoch.

Erst Hahnemann gelang es knapp 300 Jahre später mit der Technik des Potenzierens die Quinta essentia in einer für den Menschen verträglichen Dosis zu transportieren, als er für Selbstversuche die Chinarinde potenzierte, ein Mittel gegen das Wechselfieber, Malaria. Damit legte er den Grundstein der Homöopathie.

Kapitel 15

„So muß die Gesamtheit der Symptome, dieses nach außen reflektierende Bild des inneren Wesens der Krankheit, das Hauptsächlichste oder Einzige sein, wodurch die Krankheit zu erkennen geben kann, welches Heilmittel sie bedürfe."

Samuel Hahnemann

Aufgrund seiner intensiven Studien avancierte Tinor schnell zu einem der herausragendsten Theoretiker der homöopathischen Lehre, und im Gegensatz zu seinen Studienkollegen musste er nicht lange suchen und repertorisieren, um das Simile zu finden. Seine geistigen Möglichkeiten des spontanen Zugriffs zu allem erlernten Wissen, gepaart mit der Intuition eines Insichgekehrten, der mit seinem Bewusstsein scheinbar sämtliche geistigen Quellen anzuzapfen vermochte, verliehen Tinor im Laufe der Zeit ungeahnte Fähigkeiten. Wurden bei Vorlesungen Fallschilderungen von Patienten besprochen, mussten die anderen Studenten zum Teil tagelang repertorisieren und lange Listen mit eventuell passenden Arzneimitteln erstellen: Die Studenten wägten alle Krankheitssymptome nach ihrer Gewichtung und einem Kopf-bis-Fuß-Schema ab, so, wie sie es gelernt hatten. Seitenweise schrieben sie dann aus *Kents Repertorium* die jeweils passenden Mittel für jedes Symptom heraus, um am Schluss durch die meisten Übereinstimmungen zu einem einzigen Ergebnis zu kommen: dem Simile.

Die Studenten mühten sich tagelang, um das richtige Arzneimittel zu finden, wägten ab und diskutierten miteinander und mit ihren Dozenten. Diese Arbeit brauchte sich Tinor erst gar nicht zu machen. In Sekundenschnelle konnte er das Simile mit 100-prozentiger Trefferquote ermitteln. Wie durch einen Gedankenblitz wurde MùMille sofort des Namens des richtigen Mittels in der optimalen Potenzierungsstufe gewahr. Als gäbe es keine Zeit und keinen Raum . Sein Gehirn glich anscheinend in Bruchteilen von Sekunden alle Krankheitssymptome mit allen bekannten Arzneimittelbildern ab.

Die anderen Studenten empfanden dies natürlich als äußerst frustrierend, mussten sie sich doch an die genaue Vorgehensweise halten, die der homöopathiekundige Herbert Fritsche exakt beschrieben hat:

„Der homöopathische Therapeut muss mit der Arzneimittellehre – mit dem Buch, in welchem sie aufgezeichnet steht – umgehen wie der römische Priester mit seinem Brevier: Täglich zu mehreren Zeiten werden, stets wieder von vorn beginnend und nach einigen Wochen beim letzten Mittel endend, an das sich dann abermals das erste anschließt, die einzelnen Mittel wiederholt, werden auswendig (vom Gedächtnis her) und inwendig (von der Schau her, die sich daraus ergibt, dass man sie meditiert) gelernt, werden verlebendigt Woche um Woche, Jahr um Jahr, Jahrzehnt um Jahrzehnt. Das sind die unabdingbaren *exercitia spiritualia*, das ist der Yoga des homöopathischen Therapeuten.“

Und in diesem Yoga hatte Tinor schnell den Meistergrad erreicht. Trotz des Argwohns, der ihm immer wieder begegnete, kam es bereits im zweiten Studienjahr häufig vor, dass der junge Student von Kollegen und sogar auch von bereits praktizierenden, alteingesessenen

Homöopathen mit der Bitte um Rat aufgesucht oder angeschrieben wurde. Tinor sollte ihnen in schwierigen Fällen bei der Suche nach dem ähnlichsten Heilmittel, dem Simile, helfen.

Tinors Studienkollege Keith Mulligan äußerte sich später einmal dazu:

„Wir hatten ihn echt dick. Aber wir konnten nicht leugnen, dass der Stumme ein Genie war. Er hat sich kein einziges Mal bei der Findung eines Similes geirrt."

Es dauerte nicht lange, dann wurde Tinor von der damaligen Universitätsleitung gebeten, zu einzelnen Themen Referate zu halten. In wenigen Monaten avancierte Tinor zum angesehensten Dozenten der Universität – obwohl er selbst noch Student war. Besonders zahlreich besucht waren seine Vorträge über einzelne Heilmittel wie Hypericum perforatum, Johanniskraut, oder über das Schlangengift Lachesis und das Wesen der Nosoden. Weniger Besucher kamen in den Vortragssaal, wenn Tinor über die Philosophie der Homöopathie und sein Lieblingsthema, das Ähnlichkeitsgesetz, sprach, denn sobald sich Tinor auf philosophisches Terrain begab, vermochten ihm die meisten Zuhörer bei seinen komplexen geistigen Darstellungen nicht mehr zu folgen und einige, auch wenn sie seine Qualitäten als Homöopath überaus schätzten, dachten insgeheim immer noch, er wäre ein Phantast oder einfach ein abgedrehter Spinner, bei dem eine Sicherung durchgeknallt ist.

Seine Schüchternheit legte Tinor erstaunlicherweise bei Beginn eines jeden Vortrages am Rednerpult einfach ab. Jenseits seiner Zuhörerschaft, jenseits von Zeit und

Raum, tauchte MùMille ein in die geistigen Höhenflüge der homöopathischen Heilkünste und ließ sich von seinen eigenen Monologen weit weg durch Raum und Zeit in eine Art philosophische Ekstase tragen:

„...denn auch im Mysterium von Golgatha spiegelt sich das Gesetz der Homöopathie wider, der Homoeopathia divina – der göttlichen Homöopathie. Ist es nicht das Ähnlichkeitsgesetz, wenn Gottes Sohn Abbild des Göttlichen ist? Ist nicht die Hostie, der fleischgewordene Gott, ein homöopathisches Medikament, das, wenn wir es einnehmen, uns Gott ähnlicher macht? Er gab uns ein Simile, und gleichzeitig sind wir das Simile von Gott! Wir sind seine Söhne und Töchter, wir sind ihm ähnlich, weil er uns als sein Abbild schuf. Und warum tat er das? Um sich selbst zu heilen? In gewisser Weise schon: Um sich selbst zu erkennen als das was er ist, der Schöpfer. Und was wäre ein Schöpfer ohne die Schöpfung?...“

Kapitel 16

„Was die Zähne kauen, ist die Arznei nit; niemand sieht die Arznei. Es liegt nit am Leib, sondern an der Kraft."

Paracelsus

Im seinem dritten und letzten Studienjahr verfolgte Tinor aufmerksam die Vorlesung eines niederländischen Gastdozenten, die ihn innerlich sehr bewegte, ja sogar aufwühlte, denn er fühlte dem Niederländer einen Geist innewohnen, der seinem eigenen auf irgendeine Art und Weise ähnlich war.

Roderick van Diljke war ebenso wie Tinor von hagerem Körperbau und mochte vielleicht 20 Jahre älter sein als er selbst. Sein Gesichtsausdruck spiegelte etwas zeitlos Verklärtes wider, das Tinor vom ersten Augenblick an faszinierte. Obwohl Rodericks Gesichtszüge von kleinen Fältchen gezeichnet waren und das Kopfhaar nur noch aus einem kleinen grauen Halbkranz bestand, der sich vom einen Ohr zum anderen zog, strahlte sein Gesicht Eleganz, gepaart mit Unschuld, aus. Er hatte etwas von einem androgynen Wesen an sich, nicht ganz Mann, nicht ganz Frau, was zudem noch seine feine Stimme in einer für einen Mann etwas zu hohen Tonlage unterstrich.

Auch der Vortrag des Holländers erweckte Tinors Interesse. Roderick hatte sich in den letzten Jahren intensiv mit dem Thema der Trägerstoffe einer homöopathischen Arznei beschäftigt und dazu zahlreiche eigene Forschungen betrieben. In experimentellen Studien hatte er nachgewiesen, dass eine homöopathische

Arznei die Struktur des Trägerstoffes Wasser veränderte, ja dem Wasser sozusagen ein einzigartiges Muster verlieh. Die homöopathische Arznei prägte dem Trägerstoff Wasser sozusagen einen individuellen Stempel auf – was für den Holländer als Beweis dafür galt, dass dieses Wasser eine individuelle Heilinformation, die Quinta essentia, transportierte.

Der sonst eher wortkarge Tinor spürte in sich plötzlich einen starken Drang, unbedingt mit diesem Dozenten persönlich über dessen Forschungen sprechen zu wollen. Als der Niederländer seinen Vortrag beendet hatte und mit seinen feingliedrigen Händen das Manuskript in seine Ledertasche verstaute, ging Tinor vor ans Rednerpult und stellte sich vor – was gänzlich überflüssig gewesen wäre, denn längst schon hatte auch Roderick von dem seltsamen rothaarigen Arzt gehört, dem man nachsagte, er könne in Sekundenschnelle zielsicher repertorisieren.

Schon während des ersten Wortwechsels stiegen in Tinor unbekannte, eigenartige Gefühle auf. Es war ihm, als spürte er Rodericks feinstoffliche Körperschwingungen. Sein Herz schlug plötzlich schneller. Es kam ihm so vor, als hätte er in Roderick einen Bruder oder Freund gefunden, der plötzlich aus dem Nichts aufgetaucht und doch so vertraut war. Ein wunderbar warmes Gefühl stieg in ihm auf, von dem er bisher nur in der Literatur gelesen hatte und von dem er aber nicht wusste, dass es tatsächlich existierte.

Tinor freute sich daher sehr, als ihm Roderick zu verstehen gab, dass auch er Interesse hätte, sich noch ausgiebiger mit ihm zu unterhalten. Und so verabredeten sich die beiden Homöopathen noch für denselben Abend in MùMilles Studentenwohnheim, um ihren geistigen Austausch ungestört und in Ruhe fortsetzen zu können. Roderick verabschiedete sich von Tinor mit einer fast zärtlichen Geste, indem er seine Hand für ein paar Sekunden auf Tinors Oberarm ruhen ließ. Seltsam berührt von diesem ungewohnten Körperkontakt, verließ Tinor den Hörsaal.

Als Roderick am Abend das spartanisch eingerichtete Studentenzimmer betrat, umarmte er Tinor zur Begrüßung, was diesen sehr irritierte, denn er wusste nicht, ob ihm dieses plötzliche Eindringen in seine Intimsphäre, in seine persönliche Aura und Schwingung, gefiel oder nicht. In jedem Fall verwirrte es ihn sehr. Dennoch konnte Tinor bei der Umarmung fühlen, welch außergewöhnlich zart besaitetes Wesen er eben in seinen Armen gehalten hatte, und er spürte Roderick, als wäre er aus feinstem Porzellan, verletzlich, ja fast ätherisch fühlte sich dieser Mann an.

Dann setzten sich die beiden Homöopathen an den kleinen Holztisch am Fenster. Dort verharrten sie die ersten Minuten schweigend. Es schien, als wagte keiner von beiden das erste Wort zu sprechen, um die heilige Stille nicht zu durchbrechen. Es war, als hätte die intensive Begegnung beide gefühlsmäßig übermannt und sie bräuchten beide erst Zeit um zu verdauen, dass es vielleicht möglich war, dass sich zwei seelenverwandte Geister getroffen hatten. Schließlich brach Roderick als Erster das Schweigen:

„Tinor, ich glaube, du weißt, was ich fühle, und ich weiß, dass du es auch fühlst. Ich muss daher nicht lange um den heißen Brei herumreden, außerdem mag ich keinen Smalltalk. Ich habe noch nie im Leben einen Menschen getroffen, von dem ich mich vom ersten Augenblick an so angezogen fühlte wie von dir. Und ich glaube zu spüren, dass es dir genauso ergeht wie mir. Schon als Kind wünschte ich mir immer, einen Freund zu finden, einen, der ähnlich denkt und empfindet wie ich, einen Blutsbruder. Mittlerweile bin ich fast Mitte Vierzig, aber, es ist wohl nie zu spät! Ich denke, ich habe in dir einen Freund, ja mehr noch, einen geistigen Bruder gefunden. Deshalb möchte ich gleich ganz direkt zu dir sprechen. Mein Aufenthalt in New York neigt sich dem Ende, übermorgen geht mein Flug zurück nach Amsterdam. Mir bleibt hier nicht mehr viel Zeit. So möchte ich dich nun unmittelbar und ohne lange Umschweife einfach fragen: Kommst du mit mir nach Amsterdam? Ich wohne in einem bescheidenen Reihenhaus in der Innenstadt. Ich betreibe dort meine homöopathischen Forschungen und habe eine kleine Praxis eingerichtet. Mein Heim ist zwar nicht groß, aber es ist genug Platz für Zwei. Und Amsterdam – ja, in Vergleich zu New York ist es natürlich nicht der Nabel der Welt – aber du wirst sehen, es ist die Stadt der großen Freiheit und Toleranz. Jeder darf dort so leben wie er will, ich bin mir sicher, es würde dir gefallen."

Fassungslos schaute Tinor in Rodericks blaugraue Augen. Was hatte das Schicksal mit ihm vor? Warum gerade Amsterdam? Warum konnten Begegnungen innerhalb weniger Sekunden die Lebensweichen in eine völlig neue Richtung stellen?

Roderick erwiderte Tinors Blick sanft und ruhig. Denn er hatte es bereits geahnt, Tinor würde nicht Nein sagen. Nach einer Weile antwortete Tinor:

„Ich werde mein Studium hier in zwei Semestern beendet haben, bitte erwarte mich dann in Amsterdam.“

Kapitel 17

„Die nach christlichem Modell funktionierende Homöopathie beginnt mit Nächstenliebe, wenn sie an ihr Heilwerk geht."

Herbert Fritsche

Eine Woche vor Abschluss seines Homöopathiestudiums erhielt Tinor die Nachricht, dass seine Eltern überraschend verstorben waren. Nachdem sein Vater Alfonso einer schweren Lungenentzündung erlegen war, sei ihm Concetta bereits zwei Wochen später ins Grab gefolgt. Wie Tinor weiter aus einem Brief seiner Schwester Lucia erfuhr, hatte sich Concetta nach Alfonsos Tod nicht mehr erholt, und eines Morgens, als Lucia die Mutter besuchen wollte, hatte sie Concetta tot im Bett aufgefunden.

Aufgrund dieser Ereignisse entschied sich Tinor, noch vor seiner geplanten Reise nach Amsterdam zunächst seine Schwester Lucia in Italien zu besuchen.

Als die Dozenten der Homeopathic University erfuhren, dass Tinor New York in den nächsten Tagen verlassen würde, erlebte er eine ähnliche Welle der Bestürzung wie damals, als er sich nach seinem Medizinstudium entschieden hatte, aus Italien fortzugehen.

Die Dozenten waren allesamt zutiefst bestürzt, denn einen wie Tinor, der wie ein Meister repertorisierte und über 3000 Arzneimittelbilder verinnerlicht und jederzeit abrufbereit parat hatte, ließ man nur unter Protest weiterziehen. Natürlich hätte sich die Universität geehrt gefühlt, wenn Tinor als Dozent oder gar als Direktor geblieben wäre. Und der ein oder andere Dozent hatte insgeheim sogar darauf gehofft, einst eine Gemeinschaftspraxis mit Tinor in New York eröffnen zu können, denn schließlich wäre der italienische Arzt und Homöopath auch ein Garant für florierende Geschäfte gewesen.

Lucia war die einzige Schwester Tinors, die noch in Resina lebte. Seine anderen Schwestern waren inzwischen alle verheiratet und in den wirtschaftlich besser gestellten Norden Italiens gezogen. Dort lebten sie mit ihren Familien, verstreut zwischen Bozen, Mailand und Padua. Wie Tinor Lucias Andeutungen entnehmen konnte, lebte die Familientradition der MùMilles weiter, denn alle Schwestern hätten mehr oder weniger gewalttätige Männer geheiratet.

Auch Lucia war bereits verheiratet und wohnte jetzt mit ihrem Mann Giancarlo und den drei kleinen Bambini in Tinors ehemaligen Elternhaus in Resina. Doch von den früheren innigen Banden zu Lucia konnte Tinor bei seinem Besuch nur wenig verspüren. Lucia hatte jetzt ihre eigene Familie und ihr eigenes Leben, und die Erinnerungen an ihren großen Bruder hatte sie irgendwo tief in ihrem Herzen vergraben, damals, als Monsignore Umberto Ronca kam und Tinor einfach mit sich nahm.

Lucia war sehr froh gewesen, als sie damals in einer Sommernacht am Strand mit Giancarlo zusammengekommen war und sie sich schnell für die Ehe entschieden hatten, war das doch ein guter Grund, um endlich aus ihrer Familie auszubrechen, indem sie zunächst zu ihrem Gatten und dessen Mutter zog. Mit der Hochzeit trennte sie sich endlich auch von dem seltsamen Namen MùMille, sie glaubte dadurch zugleich auch ihre tragischen Kindheitserlebnisse ablegen zu können, und nahm den typisch italienischen Namen Magnano ihres Mannes an.

Giancarlo Magnano beherbergte Tinor nur widerwillig als Gast in dem Haus, das jetzt sein Haus war. Früher hatte natürlich auch er der wilden Kinderschar in Resina angehört, die den rothaarigen Sonderling nur verspottet und bespuckt hatte. Möglicherweise, so befürchtete er, war Tinor, der einzige männliche Nachfahre der MùMilles, nur deshalb gekommen, um sich als rechtmäßiger Erbe dieses Hauses aufzuspielen. Giancarlo begegnete Tinor daher mit großer Distanziertheit und versuchte, auch seiner Frau keinerlei Gelegenheit zu geben, allein mit Tinor zu sprechen.

In gewisser Weise schien er eifersüchtig auf Tinor zu sein, denn einmal – in einer schwachen Stunde – hatte ihm Lucia unter Tränen erzählt, welch besondere Beziehung sie damals in der Kindheit zu ihrem großen Bruder gehabt hatte. Allerdings hatte sie Giancarlo nie verraten, was tatsächlich im Hause MùMille geschehen war. Sicherlich hätte Giancarlo sie niemals geheiratet, wenn er erfahren hätte, wie Lucia von klein auf stillschweigend Alfonsos Wünsche hatte erfüllen müssen. Jetzt erfüllte sie stillschweigend die Wünsche von Giancarlo, und unschwer erkannte Tinor Lucias stilles Leiden. Er wollte seiner Schwester helfen, aber sie ließ nicht zu, jemals wieder in ihrem Leben an die Ereignisse aus ihrer Kindheit erinnert zu werden. Schon das Wiedersehen mit Tinor konfrontierte sie mit einem undefinierbaren dunklen Schatten, den sie nicht wahrhaben, geschweige denn ansehen wollte.

Sicherlich, Tinor hätte seiner Schwester eine homöopathische Gabe verabreichen können, um mit diesem Simile die Schatten der Vergangenheit zu heilen. Doch Lucia wollte von ihrem Bruder keine Arznei nehmen, und eine solche schon gar nicht. Und so führte Lucias Verhalten und Giancarlos ablehnende Haltung gegenüber Tinor dazu, dass er nur wenige Tage in Resina verbrachte und von da an keinen Kontakt mehr zu Lucia hatte, um die Fassade ihres häuslichen Friedens nicht zum Einsturz zu bringen.

An seinem letzten Tag in Italien zog es Tinor wieder wie magisch in die Wallfahrtskirche der Rosenkranzmadonna in Valle di Pompeji. Ehrfürchtig betrat er das von Weihrauch geschwängerte Kirchenschiff, bekreuzigte sich und kniete sich wie als Kind vor dem berühmten Marienbild nieder und betete:

„Heilige Muttergottes, ich bin jetzt zwar Homöopath geworden, so, wie ich es dir damals versprochen hatte, aber ich habe die Liebe nicht gefunden. Bitte sag mir, wie kann ich die Liebe finden, wenn sie mir doch selbst nie zuteilwurde? Erst jetzt kann ich erfassen, was mit mir in meiner Kindheit geschehen ist, und nun habe ich sogar Lucia, meine einzige Liebe, verloren. Wie kann ich ein guter Homöopath werden, wenn mir die Nächstenliebe fehlt? Wie kann ich ein guter Mensch werden, wenn mir die Liebe fehlt?"

Und das erste Mal seit vielen Jahren überkam Tinor ein tiefes Schluchzen, und er konnte nicht anders, als in dieser ihm so lieb gewonnenen Kirche seinen Tränen freien Lauf zu lassen. Als er sich gerade von seinem Gebet erheben wollte, stand plötzlich ein Pater hinter ihm, der Tinors Weinen bemerkt hatte. Er legte eine Hand auf Tinors Schulter, sah in sein verzweifeltes Angesicht und sprach zu ihm :

„Gib niemals auf. Das ganze Leben ist ein Ringen um dein Seelenheil. Aber merk dir das Geheimnis der Alchemie: Damit zwei Stoffe verschmelzen und eins werden können, bedarf es immer eines dritten Elements. Das ist die Liebe."

Und mit verklärtem Lächeln fügte der Patre noch hinzu: „Ma amore sempre c'è – die Liebe ist immer da, überall."

Ohne weiteren Abschiedsgruß wandte sich der Geistliche mit federnden Schritten von Tinor ab und verschwand schließlich im hinteren Teil des Kirchentraktes. Lange noch hallten seine Worte in Tinors Innerstem nach:

Amore sempre c'è.

Kapitel 18

„...sind vorzüglich die Nase und die Athmungsorgane für die Einwirkung der Arzneien in flüssiger Gestalt empfänglich, durch Riechen und Einathmen durch den Mund. Doch ist auch die ganze, übrige, mit ihrem Oberhäutchen umkleidete Haut unseres Körpers, für die Einwirkung der Arznei-Auflösungen geschickt, vorzüglich wenn die Einreibung mit der gleichzeitigen Einnahme verbunden wird."

Samuel Hahnemann

Rodericks „Wohn-Praxis-Labor" lag an einer kleinen Gracht in einem gewachsenen Innenstadtviertel Amsterdams, über dem die Melancholie der alten Hafenstadt hing. Im Keller des schmalen Reihenhauses befand sich das Labor, im Erdgeschoss die Praxis, und in den oberen beiden Etagen lagen die Wohnräume.

Tinor fühlte sich in Amsterdam tatsächlich relativ wohl, wenigstens erregte hier sein eher nordisches Aussehen nicht so viel Aufsehen wie in Süditalien, wenngleich er auch in Amsterdam ein Schattendasein führte und die meiste Zeit mit Roderick im Kellerlabor verbrachte. Einzig der Wissensdurst war es, der Tinor ab und zu aus dem Haus trieb. Gemeinsam gingen die beiden Homöopathen dann auf die Suche nach alten Büchern über Heilpflanzen sowie über die Geschichte der Medizin und der Homöopathie, in das nahe gelegene Antiquitätenviertel an der Spiegelgracht. Leidenschaftlich stöberte Tinor in den eingestaubten Antiquariaten herum, so lange, bis er endlich neuen Stoff gefunden hatte, um seinen Hunger nach geistiger Nahrung zu stillen.

Sein Ruf als Überbegabter war mit dem Umzug nach Amsterdam allerdings schnell in alle Winde verflogen, und Tinor genoss es, dass er endlich in der lang ersehnten Anonymität einer multikulturellen Gesellschaft leben konnte. Über zwei Drittel aller Einwohner Amsterdams waren keine Niederländer, sondern kamen aus allen Winkeln der Erde. Hier interessierte sich zunächst niemand auch nur im geringsten für Tinor MùMille.

Während sich Roderick weiterhin seinen Forschungen über den Trägerstoff Wasser hingab, lag Tinors Schwerpunkt auf der Art und Weise der Verabreichung einer homöopathischen Arznei. Roderick diente ihm dabei als Versuchsperson, denn Tinor erprobte an ihm die Wirkungsweise und jede erdenkliche Art der Verabreichung verschiedenster Mittel.

Roderick war seit Tinors Ankunft förmlich aufgeblüht. Er liebte Tinor, betete ihn beinahe an, war ihm untertan, hing an den Lippen des Genies und genoss mit Wohlgefallen alle homöopathischen Versuche, die Tinor mit ihm anstellte.

Mit Wonne ließ er alle Arzneimittelprüfungen über sich ergehen und versuchte zudem, jeden Wunsch Tinors zu erahnen. Aber Tinor hatte kaum Wünsche. Zu fremd war ihm die Welt da draußen. Er war schon zufrieden, wenn er einfach seinen Studien in Ruhe nachgehen konnte. Auch wusste er nicht mit allerletzter Gewissheit, ob er Roderick ebenfalls liebte. Der Niederländer war ihm zwar zu einem nahen Freund geworden, einem Gleichgesinnten – war Roderick doch ein ebensolch fanatischer Homöopath und Wissenschaftler wie er selbst –, aber ob das Liebe war, vermochte Tinor nicht zu sagen. Roderick gab sich hingegen schmachtend und aufopfernd seiner Liebe hin, selbst wenn Tinor sie nicht erwidern konnte.

Tinors Methoden zur Arzneimittelverabreichung wurden im Laufe der Zeit immer feinstofflicher. Schließlich rieb er Roderick nur noch ein paar Tropfen ans Handgelenk, ließ ihn lediglich an einem Fläschchen schnüffeln, stellte es auf sein Nachtkästchen oder rieb ihm bestimmte Körperpartien mit einer homöopathischen Arznei ein.

Manchmal schrieb er lediglich den Namen eines Präparates auf einen Zettel, legte diesen unter Rodericks Kopfkissen und beobachtete, ob bei Roderick irgendwelche Träume oder Körperreaktionen auftraten. Dann zeichnete Tinor exakt alle Symptome von Roderick auf, die durch die Arzneiwirkung ausgelöst worden sind und verglich sie in Sekundenschnelle mit den Leitsymptomen verschiedener Ausgaben der *Materia medica*.

Bei dieser akribischen Arbeit, die Tinor mit großer Leidenschaft über viele Jahrzehnte betrieb, stellte er fest, dass selbst bei der feinstofflichsten Verabreichung, etwa, wenn er Roderick im Vorbeigehen nur noch den Namen und die Potenzierungsstufe einer homöopathischen Arznei zurief, die Quinta essentia, die Heilinformation, auf Roderick übertrug – was nicht weiter verwunderlich war, schließlich war Roderick von äußerster Feinstofflichkeit und Sensibilität geprägt.

Als besonders wirksam offenbarte sich für Tinor die Einreibung eines Mittels am Handgelenk, direkt auf der

Pulsader. Genau an der Stelle, an der das Leben spürbar pochte. Folglich untersuchte Tinor in den nächsten Jahren speziell auch diese Form der Arzneimittelverabreichung mit großer Akribie.

Kapitel 19

„Denn wenn die Natur aus Eisen Kupfer zu machen und aus Flüssigkeiten Edelsteine, so vermag sie noch viel mehr mit ihren gewaltigen geheimen Kräften."

Paracelsus

Nach einigen Jahren des Forschens und unzähliger Selbstversuche widmete sich Tinor mit gesteigertem Interesse der Arzneimittelgruppe der Nosoden, der potenzierten Präparate aus Krankheitserregern oder Sekreten. Nachdem er die gängigsten Nosoden an sich selbst und an Roderick geprüft hatte, allen voran die wichtigste, Lachesis, das Schlangengift der südamerikanischen Buschmeisterschlange, hatte der Arzt und Homöopath endlich die Zeit gefunden, sich mit einer weiteren interessanten Originalausgabe einer mittelalterlichen Schrift der Medizingeschichte auseinanderzusetzen: Es handelte sich dabei um eine Abhandlung über das *Theriak*, eine Arznei, die seit der Antike über viele Jahrhunderte hinweg immer wieder erwähnt worden war und die als Universalheilmittel galt.

Ein einziges Heilmittel gegen alle Krankheiten – dieser Gedanke faszinierte Tinor einerseits, andererseits, welche Substanz oder Naturkraft sollte über solch mächtige Heilkräfte verfügen? In einem der Antiquariate an der Amsterdamer Spiegelgracht hatte er vor Kurzem ein sehr seltenes Buchexemplar *de salvia divina – über die göttliche Heilkunst* – von einem greisen Antiquar zugespielt bekommen. Insgesamt seien von diesem wertvollen medizinhistorischen Werk nur vier Bände publiziert worden, und es war weder bekannt wer der

Autor dieses wundersamen Werkes gewesen sei, noch wer die Besitzer der anderen drei Originalausgaben waren. Man vermutete, dass inzwischen zwei der Exemplare überhaupt nicht mehr existierten, weil sie in den Zeiten der Inquisition wegen ihres ketzerischen Inhalts vernichtet worden waren. Eine Ausgabe hielt jetzt Tinor in den Händen, die andere Ausgabe lag möglicherweise fest unter Verschluss in den Katakomben des Vatikans.

Als Tinor damals in dem Antiquariat an einem Buchregal gestanden hatte und sich gerade für eine sechsbändige Originalausgabe von Paracelsus interessierte, hatte der Homöopath plötzlich gespürt, wie sich die Blicke des Antiquars fast in seinen Rücken bohrten. Daraufhin drehte er sich zu dem weißhaarigen Buchhändler um und sah ihn fragend an. Dieser ließ aber nicht von seinem stechenden Blick ab und sah Tinor, ohne dabei etwas zu sagen, eine ganze Weile direkt in die Augen. Dann zog er plötzlich ein altes Buch unter der Ladentheke hervor, das sowohl handschriftliche Rezepte als auch genaue anatomische Zeichnungen menschlicher Organe und Gewebe sowie Abbildungen verschiedener Heilpflanzen enthielt.

„Dieses Buch enthält Wissen“, hüstelte der Alte, „das als längst verschollen gilt. Die moderne Medizin und auch der Vatikan möchten sich davon gern distanzieren und sind erleichtert, dass die Öffentlichkeit nicht viel darüber weiß. Aber der Eingeweihte wird einen neuen Zugang finden.“

Dann vergewisserte er sich noch einmal mit Blicken nach links und rechts, dass sich niemand sonst in der

Buchhandlung befand und übergab Tinor das wertvolle Exemplar, ohne auch nur ein paar Gulden dafür nehmen zu wollen.

Dieser alten Schrift zufolge hatte man in der frühneuzeitlichen Medizin des Mittelalters an die Heilkraft der Menschensubstanz geglaubt: Ein Destillat, aus einem gesunden Menschen gewonnen, musste ein Heilmittel gegen jede Art von Krankheit sein, denn die Körper Verstorbener sollten noch Spuren der ursprünglichen Lebenskraft des Gesunden enthalten und diese an Kranke weitergeben können. Tinor las weiter und erfuhr, dass die Verarbeitung menschlicher Leichenteile zu Arzneien damals sogar gang und gäbe gewesen war. Die Scharfrichter zählten zum medizinischen Personal und hatten die Aufgabe, die Hingerichteten, sofern sie gesund waren, zu anatomieren. Schädel, Fette, Haut und Knochen – vielerlei Gewebe wurden den „Arzneistofflieferanten" entnommen und von den Scharfrichtern zu teuren Medikamenten weiterverarbeitet, vor allem zu dem bereits aus der Antike bekannten Universalheilmittel Theriak, dem häufig bis zu fünfzig weitere Zutaten, darunter auch Opium, beigemengt wurden.

Die aus Menschengewebe hergestellten Rezepturen wurden aber keineswegs in dunklen verborgenen Kanälen gehandelt, sondern ganz öffentlich in Apotheken zum Verkauf angeboten und von vielen Ärzten bei jeder Art von Leiden empfohlen.

Nach der Lektüre dieses seltsamen medizinhistorischen Werks fiel Tinor in seinem alten Ohrensessel sitzend in eine Art Dämmerschlaf. Sein letzter bewusster

Gedanke galt San Gennaro, dem Schutzheiligen von Neapel, dessen Blut man nach seiner Enthauptung aufgefangen hatte. Nachdem Tinor wieder aus seinem Kurzschlaf erwacht war, unterhielt er sich mit Roderick über dieses geheimnisvolle Buch *de salvia divina*, und der Gedanke an das Theriak ließ ihn nicht mehr los.

Wohl auch wegen ihres Zusammengehörigkeitsgefühls hatte Roderick plötzlich eine fixe Idee für einen neuen Selbstversuch: eine gemeinsame Nosode aus seinem und Tinors Blut!

Tinor kam Rodericks Wunsch nach, entnahm sich selbst und Roderick ein paar Tropfen Blut und potenzierte aus dieser Mischung die „van Diljke-MùMille-Nosode“ bis zur Tausender Potenz – eine Arbeit, die mehrere Tage und Nächte in Anspruch nahm. Dann nahmen die beiden Homöopathen jeweils ein paar Tropfen dieser Nosode ein, um dadurch in ihrer geistigen Blutsbruderschaft miteinander zu verschmelzen und ihre Ideen und ihr Wissen über die Homöopathie zu einem gemeinsamen Geiste zu vereinen und weiterleben zu lassen, sollte einer von beiden vor dem anderen versterben.

Ganz im Gegensatz zu den homöopathischen Forschungen, die ebenso wie die Potenzierungsstufen schier bis ins Unendliche gingen, florierte die homöopathische Praxis kaum. Tinor hatte wenig Zulauf, denn vielen Patienten war es nicht möglich, Vertrauen zu dem sonderbaren Homöopathen zu gewinnen, obgleich sich bei seinen Heilerfolgen eigentlich täglich eine lange Menschenschlange vor seiner Praxis hätte bilden müssen.

Der Italiener in Amsterdam gab in seinem kleinen, verkruschten Sprechzimmer für viele Menschen ein zu schräges Bild ab, und sein Ruf als Genie, als jüngster italienischer Arzt aller Zeiten, hatte sich nach all den vielen Jahren in Amsterdam verflüchtigt. Wenn Tinor von einem Patienten konsultiert wurde, erhob er zwar die Anamnese und stellte einige merkwürdige Fragen – aber ansonsten schwieg er sich aus. Ihm fehlte die joviale, vertrauenswürdige Aura eines Arztes, der den Patienten mit Handschlag empfängt und sich sofort väterlich und fürsorglich nach seinem Wohlergehen erkundigt. Auch Tinor selbst gefiel sich nicht in der Rolle des Arztes und Praktikers. Seit jeher hatte er eine gewisse Scheu oder sogar Abneigung gegenüber fremden Menschen.

Überflüssige Worte waren ihm ein Gräuel, eine Verschwendung wertvoller Energien, und das machte ihm das Praktizieren nicht gerade leichter. Zudem sah er seinen Schwerpunkt immer im geistigen Forschen. Die Arbeit mit den Patienten sollten sich seinetwegen andere machen, andere, die mehr Lebenserfahrung hatten als er. Andere, die wussten, was die Liebe ist.

Auch Roderick konnte sich nicht über einen regen Patientenzulauf freuen. Der androgyn wirkende Mann zog vorwiegend ebensolche Patienten an: Außenseiter der Gesellschaft, die sich in der Obhut eines anderen Außenseiters besser aufgehoben fühlten, als in einer normalen Arztpraxis, so zählten zu seinem Patientenstamm vorwiegend Menschen ohne Aufenthaltsgenehmigung, Drogenabhängige und Transsexuelle.

Durch eine Erbschaft, die Roderick schon im frühen Erwachsenenalter nach dem Tod seiner Eltern erhalten hatte, hatte er ein finanzielles Polster und war nicht allein von den Einkünften des Praxisbetriebes abhängig. Dass er alles, was er besaß, auch mit Tinor teilte, war für ihn selbstverständlich. Zu Geld, kaufmännischem Denken oder materiellen Besitztum hatten beide Homöopathen gleichermaßen keinen Bezug. Dafür lag ihnen das Weltliche viel zu fern ab von dem Kosmos der Homöopathie, in dem sie beide lebten.

Kapitel 20

„Es war hohe Zeit, dass er (Gott) die Homöopathie finden ließ."
Samuel Hahnemann

Fast vierzig Jahre lebte und forschte Tinor mit Roderick zusammen in dem Amsterdamer Reihenhaus. Vier Jahrzehnte, in denen die beiden bedingungslos ihre Leidenschaft für die Homöopathie auslebten.

Roderick erfreute sich trotz seines fortgeschrittenen Alters allerbester Gesundheit, und auch Tinor war mit seinen rund 65 Jahren wohlauf. Inzwischen war ihm wegen seiner Forschungen auf dem Gebiet der Arzneimittelverabreichung internationaler Ruhm als führender Homöopath zuteil geworden, insbesondere wegen der nach ihm benannten Methode der „Homöopathischen Pulsation" nach MùMille.

Tinor hatte herausgefunden und in klinischen Experimenten bewiesen, dass diese Art der Verabreichung der von Tabletten, Globuli oder der Einnahme flüssiger Arzneien bei bestimmten Leiden weitaus überlegen sei, da sie direkt am Lebenspuls ansetzte. Was läge denn auch näher, als die Quinta essentia direkt dorthin zu übertragen, wo der Puls des Lebens rhythmisch schlägt und die Schwingung mit den heilsamen Informationen dann auf den ganzen Organismus überträgt?

So einfach die Methode scheint, so bahnbrechend war sie: Bei der Homöopathischen Pulsation nach MùMille träufelt der Behandler die homöopathische Arznei schlicht auf eine Art Heftpflaster und klebt es dem

Patienten am inneren linken Handgelenk auf die Pulsader, für ein paar Minuten, ein paar Stunden oder einige Tage.

Viele zeitgenössische Homöopathen aus der ganzen Welt standen inzwischen mit Tinor MùMille im Briefwechsel, auch der neue Direktor der gerade neu erbauten Homeopathic University von New York, der Kroate Dr. Nikola Milec. In einem Schreiben gratulierte er Tinor zu seiner die Homöopathie revolutionierenden Idee:

Sehr verehrter Herr Dr. MùMille,

als neuer Leiter der Homeopathic University habe ich natürlich schon sehr viel über Sie, Ihre Studentenzeit bei uns in New York und Ihre jahrzehntelangen Forschungen gehört. Nun aber habe ich das sichere Gefühl, dass Sie mit der Methode der Homöopathischen Pulsation die Homöopathie in der Tradition Hahnemanns weiterentwickelt haben!

Natürlich wird nicht allen Homöopathen, die an den Worten Hahnemanns kleben wie die Fliegen am Licht, Ihre neue Theorie gefallen. Aber Sie wissen ja selbst am besten, dass es Kritiker immer und überall gibt, also machen Sie sich nichts aus deren Anfeindungen!

Viel wichtiger ist doch der Dienst am Patienten und die Erfahrungsheilkunde, die uns täglich zeigt, wie gut Ihre neue Methode der Arzneimittelverabreichung mittels der Pflästerchen funktioniert. Ich würde mich auf jeden Fall sehr freuen, Sie einmal persönlich kennenlernen oder bei uns als Gastdozent begrüßen zu dürfen.

Sagen Sie mir nur, wann Sie wieder einmal nach New York kommen können, Sie sind hier jederzeit aufs Herzlichste willkommen,

Ihr Nikola Milec

Auch in der kleinen homöopathischen Praxis in Amsterdam stellte sich langsam der Erfolg ein, seit Tinor mit der nach ihm benannten Methode behandelte und viele seiner Artikel in Fachzeitschriften erschienen waren.

Obgleich die meisten Patienten zwar persönlich nichts mit Tinor MùMille anfangen konnten und ihn eher für unsympathisch hielten, so hatte sich doch die Homöopathie inzwischen in Europa als beinahe anerkannte Heilmethode etabliert, und die Patienten vertrauten nun Tinors neuen Methode der Verabreichung über die Haut. Sie galt als allerletzter Rettungsversuch für manche, bei denen die Schulmedizin versagt hatte und für die es sonst auch nichts anderes gab, was ihnen helfen oder sie vor dem sicheren Tod bewahren konnte.

Diesem Gedanken folgte auch die Mutter eines schwer krebskranken Mädchens, die gemeinsam mit ihrer Tochter eines feuchtkalten Novemberabends Tinors Praxis in der Abendsprechstunde aufsuchte. Schließlich hatten sie nichts mehr zu verlieren.

Laut schluchzend erzählte die Mutter Dr. MùMille vom Schicksal ihrer 15-jährigen Tochter Frederike, die an einer seltenen Form der Leukämie leide und inzwischen für die Schulmedizin, nachdem zwei Chemotherapien nicht angeschlagen hätten, als austherapiert gelte. Die Homöopathie sei die allerletzte Hoffnung, die sie für ihre Tochter noch habe, ansonsten müsse sie bald sterben.

Frederike war ein zartes Mädchen mit blassem, durchscheinendem Teint und glattem blonden Haar. Teilnahmslos wohnte sie dem ersten Gespräch zwischen ihrer Mutter und dem Homöopathen bei. Nach eingehender Anamnese verabreichte Tinor dem Mädchen eine Arznei, indem er sie auf ein Heftpflaster träufelte und dieses dem Mädchen ans linke Handgelenk klebte. Er bat Frederike, ihn in der nächsten Zeit einmal wöchentlich aufzusuchen.

Seit Frederikes erstem Besuch bemerkte Roderick eine gewisse Veränderung in Tinors Wesen. Roderick empfand ihn plötzlich als seltsam heiter, ein Wesenszug, den er an Tinor die ganzen Jahrzehnte lang nie bemerkt hatte. Fast fröhlich beschwingt machte sich Tinor jetzt an seine Arbeit, besonders an den Tagen, an denen er Frederike in der Praxis erwartete. Und auch Frederike fühlte sich zu Tinor besonders hingezogen, und sie hatte volles Vertrauen zu ihrem Arzt, selbst als es ihr schlechter zu gehen begann, was Tinor auf die Wirksamkeit seiner homöopathischen Medikamente zurückführte: Die sogenannte Erstverschlimmerung war eingetreten. Frederikes Mutter hingegen war besorgter denn je. Auch sie spürte, dass irgendetwas vor sich ging, aber es war nur eine unbestimmte Ahnung, die sie nicht weiter erklären konnte. Sie wusste nur, dass es ihr Angst machte. Auch machte ihr Angst, dass es ihrer Tochter sichtlich schlechter erging, als in der Zeit bevor sie mit den seltsamen Heftpflastern an ihrem Handgelenk herumgelaufen war, und in ihr keimten leise Zweifel auf, ob es die richtige Entscheidung gewesen war, Frederike diesem komischen Kauz von Arzt anzuvertrauen. Ja sicher, zuerst war sie überglücklich gewesen, dass Dr. MùMille ihre Tochter überhaupt noch als neue Patientin angenommen hatte, aber jetzt hatte sich irgendetwas verändert.

In dem gleichen Maße, in dem Tinor zum ersten Mal in seinem Leben sichtlich aufblühte, ließen bei Roderick, der mittlerweile hoch in den Achtzigern war, langsam die Lebenskräfte nach, und die Eifersucht auf Frederike schnürte sein Herz zu.

Er hatte Tinor fast sein Leben lang geliebt und gehofft, er würde sich einst für ihn öffnen. Und jetzt, im hohen Alter, musste er miterleben, wie in Tinor offenbar die Liebe zu einem kranken 15-jährigen Mädchen aufblühte, einem ganz einfachen Mädchen, dem, so weit er es beurteilen konnte, nicht einmal ein besonderer Geist innewohnte.

Als Frederike noch einmal deutlich schwächer geworden war, konnte sie die Praxis nicht mehr aufsuchen und bat Dr. MùMille, von nun an Hausbesuche zu machen. Tinor war sich seiner Verantwortung als Arzt vollkommen bewusst, und nachdem sich nach der Erstverschlimmerung durch seine Arzneien keine sichtlichen Impulse zu einer Genesung gezeigt hatten, spürte er mit innerer Sicherheit, dass es nun unweigerlich dem Ende zu gehen würde.

Dies war keine Heilkrise, sondern der Punkt, an dem Gott das Schicksal besiegelt hatte, an dem es kein Entrinnen mehr gab, ein Zeitpunkt, ab dem ausschließlich sein Wille geschehen sollte. Da mochte einer noch so ein guter Arzt, Homöopath oder Wunderheiler sein, was vom Schicksal unabdingbar besiegelt war, konnte nicht durch Menschenhand verhindert werden.

Kapitel 21

„Der Mensch ist die beste Arznei des Menschen."
Indische Weisheit

Als der Homöopath Frederike am nächsten Tag in ihrer Wohnung aufsuchte, wollte er zunächst mit ihrer Mutter sprechen und sie sanft darauf vorbereiten, dass der Tod nahen würde, damit sie Frederike begleitete, sodass sie würdevoll und in Friede sterben könnte. Doch davon wollte sie nichts wissen und klammerte sich hysterisch weinend an Tinor fest, schrie ihn unter wildem Gestikulieren an und beschimpfte ihn, dass er doch die letzte Hoffnung für ihre Tochter gewesen sei.

Tinor, der spürte, dass ihm die Zeit davonlief, bat, Frederike konsultieren zu dürfen. Widerwillig ließ ihn die Mutter mit ihrer Tochter allein. Tinor setzte sich ans Bett zu Frederike, die engelsgleich dalag und friedlich schlief. Als sie schließlich die Augen öffnete und den Arzt erblickte, huschte ein kaum sichtbares Lächeln über ihr Gesicht. Zu schwach zum Sprechen, bedeutete sie ihm, dass er sie halten möge. Tinor legte einen Arm um sie, setzte sie sanft in ihrem Bett auf und hielt sie eine Zeit lang in seinen Armen fest. Glückseligkeit durchströmte ihn für einen Moment, der vielleicht nur ein paar Sekunden währte, für ihn aber in die Ewigkeit einging.

Er spürte Frederikes zarten, abgemagerten Körper in seinen Armen, und Liebe durchflutete jede Zelle seines Körpers. Tränen der Rührung stiegen in ihm auf. Über 60 Jahre alt hatte er werden müssen, bis sich ihm die Liebe offenbarte. Er wünschte sich, für immer und ewig so mit Frederike in den Armen verharren zu können, gleich wie die in ewig währenden Stein gehauene Skulptur Canovas, *Amor und Psyche*.

Frederike lehnte ihren Kopf sanft an seine Schulter und streichelte mit einer Hand seine Brust, fast, als wollte sie ihn wegen ihres nahenden Todes trösten. Tinor erinnerte sich daran, dass es einst mit seiner Schwester Lucia ähnlich gewesen war, wenn er als Kind krank war. Dann saß seine kleine Schwester an seiner Seite am Krankenbett, hielt ihren großen Bruder im Arm und tröstete ihn. Und jetzt wurde ihm die Gnade des Trostes zuteil, ihm, der eigentlich Trost spenden wollte!

Doch der Moment der Glückseligkeit währte nicht lange, als Frederikes Mutter jäh die Tür zum Krankenzimmer aufriss, glaubte zu sehen, was sich dort abspielte, den Homöopathen wutentbrannt vom Bett ihrer Tochter wegriss und unter lauten Beschimpfungen aus ihrer Wohnung warf und Hausverbot erteilte.

Natürlich wollte Dr. MùMille Frederike dennoch am nächsten Tag wieder besuchen. Er läutete an der Tür, aber niemand war zu Hause, und Tinor wusste intuitiv, was geschehen war. Einige Tage später erhielt er aus einem Krankenhaus die Nachricht von Frederikes Tod. Man hätte dem Kind noch eine Chemotherapie verabreicht, an deren Folgen es leider verstorben sei, da es zu spät ins Krankenhaus gekommen und der Zustand schon zu schlecht gewesen sei, um das giftige Medikament zu überleben.

Tinors Trauer war tief, nicht nur wegen Frederikes Tod, er trauerte vielmehr in tiefem Mitgefühl mit dem Mädchen, dem er so sehr gewünscht hätte, in Frieden einschlafen zu können.

Doch so schlimm der persönliche Verlust für ihn auch war, eines blieb Tinor nach diesem tiefgreifenden Erlebnis: die Liebe. Frederike hatte eine Saite seiner Seele zum Schwingen gebracht, von der Tinor zuvor nicht einmal gewusst hatte, dass es sie überhaupt gab: Amore sempre c'è. Die Liebe war überall, selbst dort, wo man sie am wenigsten erwartet hätte.

Liebevoll kümmerte sich Tinor von nun an um Roderick und versuchte, jeden Wunsch des hochbetagten Mannes von seinen Lippen abzulesen. Obgleich er ihn nicht körperlich lieben konnte, fühlte es sich für Tinor dennoch so an, als hätte sich eine Tür, die vorher fest verschlossen gewesen war, nun weit geöffnet – und der Schlüssel war die Liebe.

Dankbar nahm Roderick an seinem Lebensabend die freundschaftlichen Gefühle, Taten und Gaben Tinors entgegen und starb wenig später, mit verschiedenen Heftpflastern am Handgelenk, in tiefem Frieden.

Tinor, der einzige Erbe von Rodericks Besitz, musste den Praxisbetrieb von nun an allein weiterführen. Doch die ruhigen Jahre, in denen er sich ausgelassen seinen Forschungen hatte hingeben können, waren nun vorüber. Schon einige Wochen nach Frederikes Tod erhielt er von ihrer Mutter eine Strafanzeige, die ihn bezichtigte, am Tod ihrer Tochter schuld zu sein, und ein jahrelanger zermürbender Prozess gegen Tinor begann.

Die medizinischen Gerichtsgutachter beschimpften ihn als Scharlatan, und die von den öffentlichen Medien aufgehetzten Amsterdamer, die sonst als so tolerant galten, schlugen jetzt in die gleiche Kerbe. Schließlich verkündete der Hohe Gerichtshof Amsterdam das Urteil, Tinor werde ab sofort die Approbation entzogen, er müsse von nun an in den Niederlanden seinen Doktortitel ablegen, die ärztliche Tätigkeit einstellen und seine homöopathische Praxis sofort schließen.

In einer Kolumne einer Amsterdamer Boulevardzeitung mit Millionenauflage war zu lesen:

Wieder einmal ist es gelungen, einem unseriös arbeitenden Arzt das Handwerk zu legen. Nur schade, dass man vor seinem Tun so viele Jahre lang die Augen verschlossen hat! Wie viele Patienten mussten sterben, weil sie sich einem Homöopathen anvertraut haben, der ihnen nachweislich unwirksame Tröpfchen auf ein Pflaster träufelte und ans Handgelenk klebte? Wieso ist es in unseren modernen Zeiten immer noch möglich, dass sich Scharlatane mit antiquierten Heilmethoden wie der Homöopathie auf Kosten gutgläubiger Patienten bereichern – ja, nicht einmal dann davor zurückschrecken, wenn es diese das Leben kostet? Wie abgebrüht muss solch ein Arzt sein!

Forschungsergebnisse weisen zwar darauf hin, dass man auch mit Placebos (Scheinmedikamenten) Heileffekte erzielen kann, aber solchen Experimenten darf sich doch ein ernsthaft kranker Mensch nicht aussetzen – es könnte ihn das Leben kosten, wie der Fall der 15-jährigen Frederike K. eindringlich aufzeigt. Daher möchte ich an dieser Stelle noch einmal die Worte der verzweifelten Mutter des Opfers zitieren:

„Wenn man in Not gerät, klammert man sich an jeden Strohhalm und schaltet dabei wohl sein Gehirn völlig aus. Der Tod meiner Tochter ist nicht allein Dr. MùMilles

Schuld, auch ich habe Anteil daran, weil ich meine Tochter nicht sofort wieder in seriöse schulmedizinische Behandlung gegeben habe. Hätte sie die Chemotherapie nur ein paar Wochen früher bekommen, ich bin sicher, sie wäre wieder gesund geworden und würde heute noch leben!"

Tinor war von seinen Wesenszügen her noch nie auf die Anerkennung anderer Menschen angewiesen gewesen. Die Gerichtsverfahren, die anonymen Drohbriefe, die man ihm schrieb, und die vernichtenden Artikel in der Presse konnten ihn daher nicht in seinen Grundfesten erschüttern, was ihn viel mehr berührte, war die Dummheit der Menschen. Natürlich gab es einige wenige unter Dr. MùMilles Patienten, die auch nach dem Gerichtsverfahren noch zu ihm hielten, doch auch deren Anerkennung nahm er kaum wahr.

Der Entzug seiner Approbation war für Tinor jedoch wie ein Schlag ins Gesicht, er verlor damit in den Niederlanden die Lizenz zum Heilen, das, was seinen Lebensmotor und seine Leidenschaft die letzten Jahre ausgemacht hatte.

Die Presse und die Amsterdamer feierten das Gerichtsurteil, da man endlich einen Scharlatan entlarvt hatte, der sich nur auf Kosten der Kranken habe bereichern wollen.

Tinor war sich sicher, ein paar Jahrhunderte früher hätte man ihn öffentlich angeprangert, gefoltert, gesteinigt oder auf dem Marktplatz unter dem Geschrei des Pöbels erhängt.

Auf der anderen Seite fühlte Tinor aber auch beinah so etwas wie Erleichterung, denn ursprünglich hatte er ja nicht praktizieren und direkt an vorderster Front mit den Patienten stehen wollen, sondern hätte sich lieber ausschließlich seinen Forschungen hingegeben. Und so nahm er es als schicksalhaft und von einer höheren Macht gelenkt und gewollt hin, dass sich durch den Gerichtsbeschluss jetzt neue Lebenswege für ihn eröffnen müssten. Sein einziger Wunsch war seit jeher gewesen, dass die Idee der Homöopathie und sein Wissen über diese Heilkunst weitergegeben würden, sodass andere Therapeuten damit dem Heil der Menschheit dienen konnten.

Bereits ein paar Wochen nach dem vernichtenden Gerichtsurteil verkaufte Tinor kurz entschlossen das Amsterdamer Stadthaus mitsamt der Praxis und dem Inventar an einen jungen Arzt – für die Amsterdamer das eindeutige Zeichen seiner Niederlage und ihres Sieges.

Wie damals, als Tinor nach New York gegangen war, packte er nur wenige Habseligkeiten in seine Koffer. Es gab kaum etwas Weltliches woran sein Herz hing, außer dem einzigen Brief, den er von seiner Schwester Lucia in jenen letzten Jahren, die von Tod und Abschiednehmen gekennzeichnet waren, erhalten hatte. Dann gab es noch ein Foto von Frederike und eine antike Armbanduhr, die ihm Roderick einst bei seiner Ankunft in Amsterdam geschenkt hatte und auf deren goldener Rückseite eingraviert stand: *similia similibus curentur*, auf ewig, Roderick".

Mit einem kleinen Lederkoffer voll persönlicher Dingen und Kleidung und einigen Koffern, die seine schriftlich aufgezeichneten homöopathischen

Forschungen und die wichtigsten homöopathischen Grundlagenwerke enthielten, ließ sich der Homöopath mit dem Taxi an einem kalten, verregneten Dezemberabend zum weit außerhalb der Stadt gelegenen Schiphol International Airport fahren und verabschiedete sich mit dem Abheben der Maschine auf immer und ewig von Amsterdam.

Kapitel 22

„Nur tief Verwandtes regt Verwandtes mächtig auf.“
Carl Gustav Carus

Ruhig und gelassen saß Tinor auf seinem Fensterplatz im Flugzeug der KLM Air von Amsterdam nach Neapel und sah hinaus in den weiten Himmel, auf dem sich im rot-lila Farbenspiel die hereinbrechende Abenddämmerung abzeichnete. Befriedigt dachte er, dass es eine gute Entscheidung gewesen war, Nikola Milec' Angebot, als Dozent für die Homeopathic University von New York tätig zu werden, anzunehmen. Zwar war Tinor mittlerweile über Siebzig, aber er spürte, dass ihm noch ausreichend Zeit für seine Lehrtätigkeit in Übersee bleiben würde.

Doch zunächst wünschte er sich nichts sehnlicher, als noch ein letztes Mal seine Heimat zu sehen, noch einmal nach so vielen Jahrzehnten ins Land seiner Kindheit zurückzukommen und einen letzten Blick vom Golf von Neapel auf das türkisfarbene Meer und die darin lieblich thronende Blumeninsel Capri zu werfen.

Bald schon setzte die Maschine zum Landeanflug an, und es blieben nur noch wenige Minuten, bis Tinor wieder italienischen Boden unter seinen Füßen spüren würde. Melancholische Gefühle, gepaart mit Aufregung, stiegen jetzt in ihm auf. Fast schon vergessen Geglaubtes wurde für ihn zu neuem Leben erweckt: Italien, seine Heimat. Dann konnte Tinor endlich aus dem Flugzeugfenster die kilometerlange Lichterkette erkennen, die sich wie eine Ansammlung von funkelnden Sternen um den Golf von Neapel wob.

Als Tinor nach fast einem halben Jahrhundert wieder italienischen Boden betrat, musste er sich zuerst einmal zurechtfinden. Nichts war mehr wie früher, alles hatte sich verändert. Selbst im Süden von Italien war die Zeit nicht stehen geblieben, nur die Hitze war immer noch die gleiche.

Massen von Touristen aus aller Welt hasteten im hell beleuchteten Flughafengebäude an Tinor vorbei. Diese hektische Betriebsamkeit war nichts für ihn, sie machte ihn fast benommen. Tinor war sehr erleichtert, als er vor dem Flughafengebäude einige Taxis erblickte. Er stieg sogleich in das erste Taxi ein und sagte dem Fahrer die Adresse seines Hotels im Zentrum von Neapel.

Je näher sie in Richtung Altstadt kamen, desto größer wurde das Verkehrschaos. Laute Hupkonzerte wechselten sich ab mit dem grellen Geschrei erzürnter Verkehrsteilnehmer. Dank der temperamentvollen Fahrweise des Taxifahrers, erreichten sie jedoch in kürzester Zeit das kleine Stadthotel, in dem Tinor für ein paar Nächte ein Zimmer reserviert hatte.

Im ersten Stock lag sein Zimmer, ausgerichtet zur Straßenseite. Tinor sperrte auf, trat ein und legte als erstes behutsam den Leinenhut, der seinen schütter werdenden Haaransatz verbarg, auf den Tisch und wischte sich die Schweißperlen von der Stirn. Dann setzte er sich auf den kleinen Balkon, um sich von der anstrengenden Reise zu erholen. Lange Zeit saß er regungslos da und blickte auf die laute nächtliche Betriebsamkeit Neapels. Dabei sog er tief die warme Luft Neapels ein, ein unvergleichliches Gemisch aus Abgasen, Hitze und Meer. Ja, er konnte sich fast nicht satt riechen, so einzigartig war für ihn der Duft seiner Heimat.

Am nächsten Morgen griff Tinor sofort nach dem Telefon und rief die Banca di Napoli an, bei der er immer noch ein Konto besaß, auf das er den kompletten Erlös des Amsterdamer Hausverkaufs hatte überweisen lassen. Der Homöopath ließ sich mit der Immobilienabteilung verbinden und wies diese an, für ihn sofort – wenn möglich am besten noch am selben Tag – ein Appartment in New York zu kaufen, das nahe bei der Homeopathic University und damit im New Yorker Ärzteviertel liegen müsse, da er dort in Kürze eine Lehrtätigkeit als Dozent aufnehmen würde.

Dann trank er ein Glas Wasser, nahm seinen Hut und machte sich auf den Weg, um Sergio Focali zu besuchen. Eigentlich ein zweifelhaftes Unterfangen wie Tinor wusste, denn Focali musste inzwischen über 90 Jahre alt sein, falls er noch lebte. Doch Tinor hatte den inneren Drang, auch falls Focali schon gestorben wäre, mehr über sein Leben oder wenigstens etwas über sein Lebensende zu erfahren.

An Focalis ehemaliger Praxis angekommen, sah Tinor nun eine kleine Änderungsschneiderei – Focali hatte wohl keinen geeigneten Nachfolger für seine homöopathische Praxis finden können. Eine schwarzhaarige Neapolitanerin von etwa 40 Jahren saß in Focalis ehemaligen Praxisräumen an einer alten Nähmaschine.

„Buon giorno Signora!“, sagte Tinor, „wissen Sie etwas über den Homöopathen, der früher einmal in diesen Räumen gearbeitet hat?“

Die Schneiderin blickte überrascht von ihrer Nähmaschine auf und verneinte, sie wisse lediglich, dass er schon vor Jahrzehnten verstorben sei und dass sein Grab gleich in der Nähe des Doms des heiligen San

Gennaro liege. Tinor bedankte sich und machte sich sofort auf die Suche nach dem Grab.

Der viele Jahrhunderte alte Friedhof am Dom war recht groß, und so wandelte Tinor mehr als eine Stunde zwischen den Gräbern, bis er schließlich Focalis letzte Ruhestätte fand. Das Grab war gepflegt, ein Blumenstrauß und ein brennendes rotes Grablicht standen auf der Grabplatte. In den Granitstein waren folgende Worte eingemeißelt:

„Sergio Focali, 1898-1976, Homöopath."

Darunter befand sich die Inschrift:

„Mein letzter Dank gilt allen großen Homöopathen dieser Erde."

Rührung übermannte Tinor, der diesem Arzt so viel, ja sogar sein Leben zu verdanken hatte. Dann fühlte er eine Art Schwäche in sich aufsteigen – Tinor hatte gar nicht bemerkt, dass es inzwischen Mittag geworden war und die Sonne senkrecht von oben auf Neapel herunter brannte.

Tinor setzte sich auf eine Parkbahn, die in unmittelbarer Nähe des Grabes im Schatten einiger alter Bäume stand. Er kramte in den Taschen seines Sackos nach den homöopathischen Notfallmitteln, die er in kleinen Röhrchen immer bei sich trug, und entschied sich für eine Gabe Lachesis, die schnell gegen seine Kreislaufschwäche helfen würde. Dann suchte er in seiner Hosentasche nach Lucias Abschiedsbrief, den er in seiner dunkelsten Amsterdamer Zeit erhalten hatte, dem Abschnitt seines Lebens, der von Tod und Abschied gekennzeichnet war, als zuerst Frederike verstorben war und dann Roderick und schließlich die Verurteilung durch das Amsterdamer Gericht folgte.

Caro fratello,

ich weiß, ich habe ein Leben lang meine Augen vor der Wahrheit verschlossen. Und sieh nur, wohin sie mich jetzt gebracht haben! Sie haben mich in die Nervenheilanstalt von Sanità in Neapel gesteckt und füttern mich täglich mit vielen bunten Tabletten.

Aber so kommt es wohl, wenn man die Schatten der Vergangenheit immer leugnet und so tut, als wäre nichts geschehen.

Wenn Du diese Zeilen liest, werde ich nicht mehr am Leben sein. Ich sammle heimlich alle Beruhigungs- und Schlaftabletten und werde sie nehmen, sobald ich weiß, dass dieser Brief den Postausgang sicher erreicht hat.

Du brauchst Dich nicht mehr bei mir zu melden, der Tod ist mir gewiss, aber sorge Dich nicht um mich, denn wenn du diese Zeilen liest, werde ich in einer besseren Welt sein!

Mein großer, kluger Bruder, wie sehr habe ich Dich immer vermisst, mein einziger Verbündeter auf Erden! Ich war so stolz auf Dich. Ich bin auch jetzt so stolz auf Dich, weil du Homöopath bist, obgleich ich gar nicht weiß, was das eigentlich ist.

Aber nun möchte ich Dir zuletzt noch ein Geheimnis verraten, um nicht alle Geheimnisse, die ich ein Leben lang mit mir herumgetragen habe, mit ins Grab zu nehmen. Ich denke, Alfonso war nicht Dein richtiger Vater. Kurz bevor Mama verstarb, sagte sie im Fieberwahn immer: „Erzähl Tinor vom Mondschein am Montecassino und dass ich ihn so sehr geliebt habe, so sehr, dass es mich mein Leben gekostet hätte, wenn ich ihm etwas von dieser Liebe gezeigt hätte.“

Ich weiß nicht, was das bedeutet, doch ich nehme an, Du wirst es herausfinden.

Sollte ich noch einmal auf die Welt kommen, wünsche ich mir ein besseres Leben. Jetzt weiß ich aber, dass ich auch selbst dazu beitragen muss, dass es besser wird. Denn wenn man die dunklen Schatten der Vergangenheit nicht ansieht und nicht heilt, fressen sie einen schließlich auf.

Aber es gab auch etwas Gutes in meinem Leben, nämlich Dich. Ich habe Dich immer geliebt und werde Dich immer lieben, großer Bruder, bis in alle Ewigkeit,

Deine Lucia

Kapitel 23

„Die milde Macht ist groß."
Constantin Hering

Tinors Kreislaufschwäche hatte sich etwas gelegt. Im Schatten der Bäume saß er sinnierend auf der Parkbank und dachte lange über die letzten Zeilen seiner kleinen Schwester, seines Lichtblicks, nach.

Sie hatte ihr Vorhaben wahr gemacht; einige Tage nach dem Briefeingang hatte er von der Nervenheilanstalt Sanità die Nachricht von Lucias Tod erhalten: Herzversagen.

Der Gedanke, dass Alfonso nicht sein leiblicher Vater gewesen sei, hatte ihn nicht sonderlich betroffen gemacht. Im Grunde empfand er die Tatsache, dass ihn mit diesem Mann keine Blutsverwandtschaft verband, als große Erleichterung.

Immer wieder sann Tinor über Lucias geheimnisvolle Zeilen nach, darüber, was auf dem Montecassino in jener Nacht passiert sein mochte, mit wem seine Mutter Concetta ein kleines Stelldichein gehabt hatte, bei dem er wohl gezeugt worden war. Doch vermutlich würde er es nie herausfinden.

Ganz in seine Gedanken und Grübeleien versunken, saß Tinor eine Zeitlang da, bis sich plötzlich eine etwa gleichaltrige Frau dem Grab Focalis näherte. Fragend blickte sie Tinor ihr ins Gesicht.

„Ich bin seine Tochter, und wer sind Sie?", sagte sie, während sie eifrig den alten Blumenstrauß gegen frische Schnittblumen austauschte. Tinor stand auf und ging auf die Frau zu.

„Ich bin Homöopath", antwortete er, „ich kannte Ihren Vater und schätzte ihn sehr. Er hat mich einmal als Kind, als ich Malaria hatte, behandelt und mir vermutlich das Leben gerettet".

Die Frau richtete sich erstaunt auf und sah ihm nun direkt in die Augen.

„Mein Vater hat mir das einmal erzählt. Er sagte mir kurz vor seinem Tod, dass er noch einen unehelichen Sohn gehabt hätte. Er habe es selbst lange nicht gewusst. Doch einst musste er einen Arzt in Resina vertreten und eine schwer kranke Frau besuchen, die kurz darauf verstarb. Da erkannte er wohl seine frühere heimliche Jugendliebe – oder soll ich besser sagen, seine Jugendsünde? – wieder und erfuhr wohl auch von dem Sohn, den die beiden gezeugt hatten. Niemand hat dies gewusst oder auch nur geahnt, Mama natürlich auch nicht. Sind Sie aus Resina?"

Damit machte die Frau, ohne auf die Antwort zu warten, kehrt und verschwand im Labyrinth der Grabmäler so schnell und lautlos, wie sie gekommen war. Wie versteinert stand Tinor jetzt vor Focalis Grab und versuchte, seine Gedanken zu sortieren. Sein Gefühl hatte also recht gehabt, er hatte Focali im wahrsten Sinne des Wortes sein Leben zu verdanken!

Verwirrt, aber dennoch erleichtert, verließ Tinor die letzte Ruhestätte des Mannes, der vermutlich sein leiblicher Vater war. Und die Trauer, dass er im Leben keine wirkliche Vater-Sohn Beziehung zu diesem großartigen Mann gehabt hatte, war groß, aber noch größer war die Liebe zu Focali, die jetzt in ihm aufkeimte, ebenso wie ein neues, ihm bislang unbekanntes Gefühl: Er war stolz, sein Sohn zu sein.

In den folgenden Tagen unternahm Tinor seine Abschiedsreise zu den geliebten Plätzen seiner Heimat. Er betete wie früher als Kind in der Wallfahrtskirche von Valle di Pompeji zur heiligen Jungfrau und ließ sich mit dem Taxi an der von ihm so sehr geliebten Küste des Golfs von Neapel entlang fahren; zu mühselig war ihm in seinem hohen Alter der Fußmarsch geworden. Schließlich erfüllte er sich noch seinen Kindheitstraum: einmal Capri ansehen – und dann zu sterben. Nie zuvor war er auf der nahe gelegenen Blumeninsel gewesen, diesen Traum hatte er sich in den kargen Kindheitstagen nicht erfüllen können.

Schließlich besichtigte er noch in der Nähe von Salerno das Benediktinerkloster auf dem Montecassino und dachte dabei an das Stelldichein seiner Mutter und seines Vaters, das genau an dem Ort stattgefunden hatte, an dem vor vielen Jahrhunderten das Wissen der arabischen Medizin mit der abendländischen Tradition zusammengetroffen war, eine geistige Fusion des Wissens und der Erkenntnis, die die Geschichte der Medizin in Europa bis zum heutigen Tag prägt.

Erst jetzt, in fortgeschrittenem Alter, war es Tinor möglich, seine Mutter besser zu verstehen. Vielleicht hatte sie Focali damals wirklich geliebt? Aber es wäre nicht möglich gewesen, ihren Mann Alfonso verlassen zu können. Eine Scheidung in Italien in den 1920er Jahren, undenkbar. Diesen Schritt hätte Concetta sicherlich mit ihrem Leben bezahlen müssen. So war ihr damals vermutlich nichts anderes übrig geblieben, als sich ihrem Schicksal zu fügen und die Liebe, die sie in Wirklichkeit zu diesem Kind empfunden hatte, zu leugnen. Und so war ihm – obwohl er Concettas einziges Kind der Liebe war – Zeit ihres Lebens Ablehnung und Hass der Mutter zuteil geworden.

Als Tinor nach einigen Tagen wieder in seinem Hotel in Neapel ankam, fühlte er sich gelöst und glücklich. Es war, als wären die Schatten der Vergangenheit einfach von ihm abgefallen. Er hatte alles erledigt und seine Heimat noch einmal gesehen.

Nun verfiel er in einen fast tranceartigen Zustand. Vor seinem geistigen Auge ließ er sein ganzes Leben noch einmal Revue passieren. Ja, seine Kindheit war nicht leicht gewesen, und dennoch hatte er erreicht, was er erreichen wollte, er war Homöopath geworden und würde jetzt als Dozent in New York sein ganzes Wissen an seine Schüler weitergeben dürfen.

Dankbarkeit, Liebe und ein tiefer innerer Friede umhüllten ihn jetzt wie eine schützende Aura und brachten seine braunen Augen zum Strahlen – es war eine besondere Art von Strahlen, das man nur bei älteren Menschen sieht, die mit sich und ihrem Schicksal ins Reine gekommen sind, das Strahlen aus der inneren Schau des Wissenden.

Sorgfältig packte Tinor am nächsten Tag seine wenigen Habseligkeiten ein, setzte den alten Leinenhut auf und trat seine letzte große Reise an, die ihn von Neapel über Rom nach New York führen sollte.

Kapitel 24

„Wenn ein Chemiker die homöopathische Arznei untersucht, findet er nur Wasser und Alkohol; wenn er eine Diskette untersucht, nur Eisenoxid und Vinyl. Beide können jedoch jede Menge Informationen bergen."

Peter Fisher

Im Alter von 80 Jahren ähnelte Tinors Gesicht wieder dem eines Neugeborenen. Die Haut war faltig und wächsern durchscheinend, und das graue Haar kräuselte sich wie der Flaum eines neugeborenen Säuglings rechts und links über den Ohren wild zur Seite. Sein Kopf war fast kahl und ließ die hohe Denkerstirn noch monumentaler erscheinen.

In diesem Januar hämmerte der Regen ohne Unterbrechung bereits die dritte Woche an die Scheibe seines Appartements. Tinor stützte sich mit den Ellbogen aufs Fensterbrett und warf einen Blick hinunter auf die triste Avenue, auf der von oben nur Autos und Regenschirme zu sehen waren. Schräg gegenüber befand sich das New Yorker Memorial Hospital, in dessen Auffahrt gerade ein Rettungswagen mit lautem Sirenengeheul hinauffuhr.

Tinor wandte sich wieder von diesem täglich gleichen Ausblick ab und setzte sich auf sein altes Sofa. Akribisch krempelte der Greis seinen linken Hemdsärmel hoch, band sich den Arm mit einem Gürtel ab und setzte die Kanüle einer Spritze an. Mit einem zielsicheren Stich traf Tinor beim ersten Versuch direkt in die Vene, die sich blaugelb unterlaufen in seiner Armbeuge hervorhob. Mit der rechten Hand zog er an der Spritze, bis sie sich zur Hälfte mit dunkelrotem Blut gefüllt hatte. Dann zog er die Nadel wieder aus der Vene heraus, spritzte das frisch abgezapfte Blut in ein Reagenzglas, stöpselte es zu und beschriftete es sorgfältig mit Datum und Uhrzeit. Die Blutprobe stellte er in ein hölzernes Gestell auf seinem Küchentisch, das in den runden Öffnungen bereits eine ganze Reihe mit Blut gefüllter und beschrifteter Reagenzgläser enthielt.

Für einen kurzen Augenblick hielt der betagte Homöopath dann inne und schaute sich noch einmal das Holzgestell mit den vielen Blutproben an, als könnten diese ihm etwas über ihn selbst erzählen. Leise flüsterte er: „similia similibus curentur", und schlurfte dann in seinen Filzschlappen in den Korridor. Dort zog er das einzige Paar Straßenschuhe an, das er besaß, nahm seinen zerknautschten Mantel vom Haken, zog ihn mühsam über und setzte seinen alten Leinenhut auf. Mit einem letzten prüfenden Blick vergewisserte er sich noch einmal, dass in der zum Labor umfunktionierten Küche auch alles an seinem richtigen Platz stünde. Erst dann verließ er sein Appartement.

Draußen war es nasskalt. Tinor MùMille zog seinen Mantelkragen schützend bis zu den Ohren hoch, lief die verkehrsreiche Avenue entlang, vorbei am riesigen Eingangsportal des New Yorker Memorial Hospital, bog dann einmal nach rechts ab und erreichte nach wenigen Hundert Metern das schmiedeeiserne Tor der Homeopathic University von New York.

In der Eingangshalle umringten ihn sofort ehrfürchtige Studenten, die bereits auf ihn gewartet hatten und ihm noch spezielle Fragen stellen wollten.

Unter den Studenten befand sich auch Hans Ganter. Der 30-Jährige hatte gerade in Graz sein Medizinstudium abgeschlossen. Wenn es so etwas wie Lieblingsschüler für Dr. MùMille überhaupt gab, dann durfte sich Ganter sicherlich dazuzählen. Vielleicht, weil Tinor in dem Österreicher auch eine Art Besessenheit für die Homöopathie verspürt hatte, wie sie ihm selbst und allen großen Homöopathen zu eigen war. Deshalb war Hans Ganter der einzige Schüler, der jemals in MùMilles Appartement war und mit ihm zusammen einige Selbstversuche, ganz in der Tradition der Amsterdamer Zeit, durchgeführt hatte.

Wie bei jedem seiner Vorträge begleitete eine große Studentenschar den betagten Homöopathen die Treppe hinauf zum bereits überfüllten Hörsaal in den ersten Stock. Unter den Anwesenden war auch ein interessierter Verleger, der Tinor schon vor einigen Jahren, kurz nach seiner Ankunft in New York, angesprochen hatte, weil er gern Tinors Arzneimittelprüfungen als neue *Materia medica nach MùMille* auflegen wollte.

Tinor legte Hut und Mantel auf einem Stuhl ab und ging vor zum Stehpult. Als es im Hörsaal von einer Sekunde auf die andere still wurde, räusperte er sich kurz, kratzte sich mit der rechten Hand an der hohen Denkerstirn und begann auf Englisch, mit unverkennbar italienischem Akzent, seinen Vortrag. Der Homöopath verfügte über keinerlei schriftliche Aufzeichnungen, auf die er sich während seiner Rede hätte stützen können – die brauchte er selbst im Alter von über 80 Jahren nicht, denn sein Geist war nach wie vor wie eine unerschöpfliche Quelle, die alles verfügbare Wissen und alle Informationen über die Homöopathie gespeichert hatte:

Ladies and Gentlemen,

ich danke Ihnen für Ihre Aufmerksamkeit. Heute möchte ich nicht über Hahnemanns Werk, seine Schaffensperiode und seine großartigen Verdienste um die Homöopathie sprechen, die Ihnen ja schon allzu bekannt sind. Nein, heute möchte ich eher vom Geiste Hahnemanns sprechen: Wie war es ihm möglich gewesen, so Großartiges zu vollbringen? Wie war es ihm möglich gewesen, so konsequent seinen eigenen Weg zu gehen, obwohl sich ihm zahlreiche Hindernisse entgegenstellten: Der Neid der Kollegen, die Verfolgung durch die Apothekerschaft und insgesamt zwölf Kinder, deren hungrige Mäuler zu stopfen waren?

Doch es gab nichts, was Hahnemann von seiner tiefen Überzeugung hätte abbringen können! Heutzutage nennt man solche Menschen Fantasten oder verkrachte Existenzen, die sich an einer fixen Idee festgebissen haben. Und ich sage euch: Möge der Weg noch so schwer sein – haltet immer an euren Visionen fest, denn nur Visionäre können die Welt verändern. Nur der, dem das Wort, die Idee, gegeben wurde, und der daran festhält, nur der kann Neues zur Wirklichkeit werden lassen.

Das von Hahnemann entdeckte Ähnlichkeitsgesetz, „similia similibus curentur", war für ihn nicht nur ein geistiges Gesetz zur Heilung, ja, sondern noch viel mehr, nämlich ein heiliges Urphänomen.

So erkannte Hahnemann auch in Brot und Wein das Simile. Sind denn der Leib und das Blut Christi nichts anderes als der ad infinitum potenzierte Heiland? Er schuf die Menschen, um sich selbst ein Ebenbild zu machen, und Er gab ihnen Wein und Brot, damit sie ihm ähnlich würden! Man könnte auch sagen: Am Anfang war die Homöopathie ... aber davon vielleicht ein anderes Mal mehr.

Bleiben wir bei Hahnemanns Lebensweg. Anfangs wusste er nicht, wie das Ähnlichkeitsgesetz funktioniert, er wusste nur, dass es funktioniert! Und Hahnemann setzte alles daran, ja sogar sein eigenes Leben, um das Heilungsgeheimnis des Ähnlichkeitsgesetzes zu erforschen. Er brachte ein großes Opfer, auf das hin seine Einweihung, ja die Gnade der Erkenntnis, folgte. Und ich sage euch allen, die ihr euch heute hier versammelt habt, ihr, die ihr noch die Kraft der Jugend in euch verspürt: Erlaubt nichts und niemandem, euch von eurem Weg abzubringen. Euer Weg ist das Ziel – und wie ihr alle wisst, Homöopathie ist eine Leidenschaft fürs Leben.

Es gibt viele Hahnemann-Verehrer, die sich akribisch in jedem seiner Worte festbeißen und nicht über den Tellerrand hinausblicken wollen. Und selbst der Homöopathiepapst des 20. Jahrhunderts Georgos Vithoulkhas warnte vor neuartigen Ideen und Theorien in der Homöopathie indem er die Frage aufwarf „wie weit kann man gehen?" Aber ich sage euch, jenseits des Tellerrandes gibt es noch sehr viel Neues zu entdecken – Hahnemann war nur der Anfang!

Ich danke Ihnen.

Buona sera.

Mit einem kurzen Nicken nahm Tinor bescheiden den Applaus der Studenten entgegen. Sie klatschten und stampften mit den Füßen und wollten mehr von ihm hören, aber der greise Homöopath nahm den vom Regen feuchten Mantel und Hut und verließ hastig mit kleinen, schnellen Schritten den Hörsaal.

Tinor eilte ans Ende des langen Ganges und klopfte an die Tür des Büros des Direktors der Homöopathischen Universität.

„Guten Abend Herr Dr. MùMille, bitte treten Sie doch ein, ich wollte Sie sowieso schon seit Tagen sprechen, habe Sie aber telefonisch nicht erreichen können", sagte Nikola Milec und wies Tinor mit einer Geste, auf dem Stuhl gegenüber seines Schreibtisches Platz zu nehmen. Tinor hatte zwar den Hut abgenommen, behielt aber den Mantel an als er sich setzte, um gleich zu signalisieren, dass er auch heute keine Zeit für eine Plauderviertelstunde unter Kollegen hätte.

„Leider habe ich keine guten Nachrichten. Weil meine Tochter, wie Sie ja wissen, auf dem gleichen College ist wie Sarah, die Tochter von Samuel Hackman, dem Gesundheitsbeauftragten von New York, hatte ich vor ein paar Tagen auf einer privaten Dinnerparty die Gelegenheit mit ihrem Vater persönlich ins Gespräch zu kommen. Übrigens ein sehr sympathischer, weltoffener Mensch – glaubt man erst gar nicht von so einem Politiker – und da habe ich ihm bei einem Glas Champagner gleich von Ihrer Idee der Homöopathischen Klinik erzählt. Sie können sich sicherlich vorstellen, dass er davon nicht so recht begeistert war, weil sie für die Stadt New York natürlich einen beträchtlichen finanziellen Aufwand bedeuten würde."

Tinor nahm diese Mitteilung jedoch gelassen entgegen und nickte nur stumm.

„Aber, es ist ja noch nicht alle Tage Abend, machen Sie nicht so ein Gesicht! Seitdem Sarah durch Ihre Methode der Homöopathischen Pulsation von ihrer starken Allergie geheilt wurde, hält Samuel wirklich starke Stücke auf uns und hat natürlich auch ein offenes Ohr für unser Heilsystem“, fuhr Nikola Milec fort und klopfte dabei nervös mit seinem Kugelschreiber auf seine Schreibunterlage.

„Nikola, im Ernst, sehen Sie denn tatsächlich noch irgendeine Chance für unser Vorhaben?“, fragte Tinor, der das Gespräch damit eigentlich beenden wollte.

„Tinor, wir kennen uns jetzt schon so viele Jahre. Inzwischen müssten Sie doch gemerkt haben, dass ich niemals aufgebe! Denken Sie, ich wäre sonst so weit gekommen? Immerhin habe ich diese weltweit einzigartige Homöopathische Universität so groß gemacht, wie sie heute ist. Als ich damals als kleiner Landarzt aus Kroatien hierherkam und im alten New Yorker Stadthaus als Dozent anfing, hätte ich mir auch nie träumen lassen, welche Bedeutung unsere Universität einst gewinnen würde! Und jetzt steht hier ein Universitätsgebäude ersten Ranges. Hier haben alle namhaften zeitgenössischen Homöopathen bereits Vorträge gehalten! Zuallererst denke ich dabei aber an Sie, Sie sind das Juwel aller Homöopathen, denn in Ihnen wird der Genius Hahnemanns wirklich lebendig. In Ihnen spüre ich Hahnemanns Erbe!“

Tinor blickte zur Tür und wäre am liebsten gegangen, aber er wollte Nikolas’ Redeschwall nicht durch eine unhöfliche Bemerkung beenden.

„Ich konnte Sie gewinnen“, fuhr Milec fort und holte dabei wieder tief Atem, „Sie halten hier regelmäßig vor einem sehr großen Publikum ein bis zwei Vorträge pro Woche. Wir hatten Gastdozenten von hohem Rang und Namen aus aller Herren Länder! Warum also sollte mir nicht auch die Gründung einer Klinik gelingen, eines Homöopathischen Krankenhauses, das unserer Universität angeschlossen ist?“

„Eine Klinik hat eben eine andere Dimension, sie verschlingt Gelder in Milliardenhöhe“, erwiderte Tinor.

„Ja, das schon. Aber ich sage Ihnen mal etwas, ich habe nächsten Dienstagabend einen privaten Termin bei Samuel Hackman, in seinem Homeoffice! Nur für dieses Projekt! Ich werde mich diese Woche gut darauf vorbereiten, indem ich von Experten eine komplette Marktanalyse und eine betriebswirtschaftliche Kostenkalkulation erstellen lasse. Und dann bringe ich Samuel noch Ihre Forschungsergebnisse über die Homöopathische Pulsation mit. Die muss ihn überzeugen. Was sagen Sie jetzt?“

„Ich gratuliere Ihnen, Nikola, aber Sie kennen mich ja. Ich breche nicht vorschnell in Freudentaumel aus. Warten wir ab, was das Gespräch ergibt, dann können wir uns immer noch freuen.“

Ohne eine Antwort von Dr. Milec abzuwarten, erhob sich Tinor, setzte den Hut auf und reichte Nikola über den Schreibtisch die Hand.

„O.k., Professore, wir sehen uns dann in ein paar Tagen zu Ihrem nächsten Vortrag. Sollte ich schon vorher Näheres erfahren, lasse ich es Sie natürlich gleich wissen!“ An der Tür verabschiedete sich Tinor noch einmal mit einem stummen Nicken.

„Geht es Ihnen gut?“, wollte Nikola noch wissen, „Sie scheinen mir heute irgendwie so verändert? Ich weiß, dass Smalltalk nicht ihre Stärke ist, aber Sie sind doch auch ein Mensch, der von Visionen lebt, zumindest predigen Sie das.“

„Ja, alles in bester Ordnung, ich stecke nur gerade mitten in Studien. Deshalb muss ich dringend nach Hause, um meine Aufzeichnungen fertigzustellen. Aber danke der Nachfrage, mir geht es gut.“

„Na dann, frohes Schaffen!“

Tinor beeilte sich, die Universität zu verlassen. Bevor er nach Hause ging, machte er jedoch einen kurzen Abstecher in das New Yorker Memorial Hospital. Nach etwa einer halben Stunde verließ er das Krankenhaus wieder und setzte eilig seinen Weg nach Hause fort.

Kapitel 25

„Es dürfen zu solchen Versuchen – denn von ihnen hängt die Gewißheit der ganzen Heilkunst und das Wohl aller folgenden Menschen-Generationen ab – es dürfen, sage ich, zu solchen Versuchen keine anderen Arzneien, als solche genommen werden, die man genau kennt, und von deren Reinheit, Aechtheit und Vollkräftigkeit man voll überzeugt ist."

Samuel Hahnemann

Tinor schloss sein Appartement auf, hängte den vom Regen durchnässten Mantel an den Haken, schlüpfte in seine Filzpantoffeln und ging sofort wieder an die Arbeit. Ein Reagenzglas nach dem anderen nahm er aus dem Holzgestell, schüttelte jedes sorgfältig, hielt es ans Licht und begutachtete es lange. Schließlich nickte er stumm, als hätte eine innere Schau ihm gezeigt, welches das richtige wäre, der Homöopath hatte seine Wahl getroffen.

Mit der Pipette entnahm Tinor diesem Reagenzglas ein Tröpfchen Blut, pumpte es in ein Fläschchen und füllte dieses mit 99 Tropfen einer Mischung aus Weingeist und Wasser auf. Dünne hellrosa Blutschlieren durchzogen nun die durchsichtige Flüssigkeit. Der alte Mann verschloss das Fläschchen mit einen Gummistöpsel und stellte es auf dem alten Küchenbuffet ab, das ihm als Laboreinrichtung diente. Befriedigt sah er auf sein Werk.

Dann nahm er dieses Fläschchen wieder in die Hand und stieß es mit 100 starken Schüttelstößen auf eine in Schweinsleder gebundene Ausgabe von Samuel Hahnemanns *Organon der Heilkunst* aus Tinors

Geburtsjahr 1921. Auf einem Zettel notierte er sodann: „MùMille: C 1“.

Nun entnahm der Homöopath dieser so dynamisierten Flüssigkeit mit der Pipette wiederum einen Tropfen, gab diesen in ein neues Fläschchen und fügte 99 Tropfen des Weingeist-Wassergemischs hinzu. Er versetzte der Flüssigkeit durch Aufschlagen auf das Buch weitere 100 Schüttelstöße und erhielt die nächsthöhere Potenzierungsstufe, die C 2.

Bei der C 30 angekommen, hielt Tinor MùMille kurz inne und blickte auf seine Arznei. Er stellte sich diese Zentesimalpotenz rechnerisch vor: Es war die Verdünnung von einer 1 zu einer 1 mit 60 Nullen.

Ohne zu rasten oder zu schlafen, fuhr der Greis unermüdlich zu potenzieren fort, bis er am übernächsten Abend die Potenzierungsstufe C 1000 erreicht hatte.

Stolz begutachtete er sein Endprodukt, das sich weder äußerlich noch chemisch von den anderen Potenzierungsstufen unterschied. Dann beschriftete er das Fläschchen mit „MùMille C 1000“ und stellte diese Nosode achtsam auf Hahnemanns *Organon der Heilkunst* ab, das immer noch auf dem alten Küchenbuffet lag.

Tinor drehte an seinem Spülbecken in der Küche den Wasserhahn auf, stützte seinen vom Schmerz gekrümmten Rücken etwas mit beiden Ellenbogen ab und hielt dann beide Hände eine Zeitlang unter den eisig kalten Wasserstrahl, um die Schwellungen und Rötungen etwas zu lindern, die seine Hände wegen der Schüttelstöße auf das Buch aufwiesen. Dann legte er sich zum Ausrasten so auf das Sofa, dass er noch einen allerletzten Blick auf seine wertvolle Arznei werfen konnte, bevor er vor lauter Erschöpfung in einen traumlosen Schlaf hinüber glitt.

Kapitel 26

„Verändere nicht das geringste Symptom, beobachte alles. Nimm die Botschaft ungestört auf und bring sie zu Papier, es gibt keinen anderen Weg für einen Arzt, seinen Beruf auszuüben und seine Pflicht zu tun."

James Tyler Kent

Als der Homöopath am nächsten Tag erwachte, war es bereits Nachmittag, noch immer regnete es in Strömen. Tinor erschrak, denn der Stundenzeiger der Küchenuhr hatte die Vier bereits überschritten. Am Vormittag hätte er in der Homeopathic University von New York seine Vortragsreihe über Samuel Hahnemann fortsetzen müssen. Doch Tinor hatte keine Zeit mehr zu verlieren. Daher hielt er es auch nicht für notwendig, sich in der Universität für sein Fehlen zu entschuldigen. Außerdem hatte er sein Telefon vor Kurzem abgemeldet, da es für ihn lediglich ein Störenfried in diesen modernen Zeiten war.

Befriedigt blickte er wieder auf seine Nosode, die MùMille C 1000. Mühsam setzte er sich auf dem Sofa auf und strich sich die grauen Strähnen an beiden Seiten der Schläfen hinter die Ohren. Dann kochte er sich Tee, setzte sich an seinen Sekretär und schlug ein dickes in Schweinsleder gebundenes Buch auf.

Gegen die Fensterscheiben prasselte noch immer der Regen, und es war so düster, dass sich Tinor zum Schreiben Licht machen musste. Das dicke Buch war schon fast vollgeschrieben. Es war seine *Materia Medica*, die alle wichtigen Selbstversuche mit homöopathischen Arzneimitteln enthielt und viele weitere Details aus seinen jahrzehntelangen Forschungen.

Hahnemanns Erbe, so nannte er seine *Materia Medica*. Nur noch die letzten drei Seiten waren jetzt noch unbeschrieben. Tinor tauchte seine Schreibfeder, ein ihm lieb gewordenes Relikt aus alten Zeiten, in ein kleines Tintenfass und begann in akribisch feiner Schrift mit der letzten Kapitelüberschrift: „MùMille C 1000".

Ohne auch nur ein einziges Mal abzusetzen, beschrieb er die letzten drei Seiten des beigen Pergamentpapiers seines Werkes. Er beendete seine Aufzeichnungen schließlich mit dem Satz:

„Möge dieses Wissen dem Heil der gesamten Menschheit dienen, dies ist Hahnemanns Erbe!"

Tinor wollte weiterarbeiten. Aber als er sich noch einmal kurz auf dem Sofa ausruhen wollte, nickte er ein und träumte von seiner kleinen Schwester Lucia. Als er wieder zu sich kam, war er wie benommen, er fühlte sich plötzlich zu alt und kraftlos, um sein Werk zu vollenden. Er wollte sich aufsetzen, aber es gelang ihm nicht. Zu sehr hatte ihn die Erinnerung an Lucia mitgenommen, zu sehr das Wissen, dass er in diesem Leben die Liebe immer nur für kurze Augenblicke gefunden hatte. Seine Augen wurden feucht, und er dachte an die wunderbaren Momente in Amsterdam, an Frederike, das zarte, engelsgleiche Wesen, das er für wenige Momente in seinen Armen hatte halten dürfen.

Nur langsam gelang es Tinor, sich wieder aufzurichten. Alles drehte sich, der Schwindel wollte nicht enden, und er musste sich mit beiden Händen auf dem Sofa abstützen. Der Homöopath war des Lebens müde, er spürte schon seit einer geraumen Weile, dass seine Zeit bald abgelaufen sein würde. Erschöpft lehnte er sich an die Rückenlehne, ließ den Kopf in den Nacken fallen, und im Nebel des Halbschlafs stiegen in seinem Kopf immer wieder verschiedene Bilder aus seinem Leben auf, als müsste er sich erst von jedem einzelnen verabschieden, bevor er ganz in die andere Wirklichkeit hinübergehen könnte.

Er dachte daran, wie es gewesen war, als er vor fast 60 Jahren seine Schwester Lucia das letzte Mal gesehen hatte. Damals, als er sie nach dem Abschluss seines Homöopathiestudiums noch einmal in Resina besuchen fuhr, bevor er zu Roderick nach Amsterdam reiste.

Und als Tinor erneut aus seinem Dämmerzustand erwachte, überkam ihn große Wehmut. Schwerfällig erhob er sich vom Sofa und wankte zum Schrank, nahm aus einer alten staubigen Schachtel den Abschiedsbrief von seiner kleinen Schwester Lucia heraus und las ihn ein letztes Mal.

Mühsam versuchte Tinor dann, sich aus den schmerzhaften Erinnerungen zu befreien und wieder ins Hier und Jetzt einzutauchen. Veratrum album war jetzt sein Simile, das homöopathische Notfallmittel, das ihm nun half, die innere Kälte zu überwinden und seinen Kreislauf zu stabilisieren. Nach dieser Gabe verflog langsam auch seine Trauer um die kleine Schwester in dem Wissen, dass er Lucia in einer anderen Welt sehr bald wiedersehen würde.

Und nun bereitete sich der Homöopath mit einer neu erlangten Heiterkeit innerlich darauf vor, sein letztes

Werk auf Erden zu vollenden, einen Akt der allerhöchsten Liebe, ja eine Liebesgabe an die gesamte Menschheit! Amore sempre c'è! Endlich wollte er den Menschen beweisen, dass auch er lieben konnte.

Und mit dem Gedanken, dass ein Mensch im Leben vielleicht nur eine einzige Leidenschaft haben könne, machte sich der Homöopath, erfrischt und jetzt fast fröhlich gestimmt, wieder an die Arbeit.

Tief befriedigt las er noch einmal seine letzten Aufzeichnungen über die MùMille C 1000 durch und klappte *Hahnemanns Erbe* wieder zu. Dann schlurfte er in den Korridor, zog seine Straßenschuhe an und schlüpfte in Mantel und Hut. Er musste sich jetzt beeilen und weggehen, bevor jemand von der Universität käme, um sich wegen seiner plötzlichen Abwesenheit zu erkundigen. Zu viel Zeit hatte er schon im Dämmerschlaf vertan. Tinor ging noch einmal zurück zum Küchenbuffet und griff nach dem Fläschchen mit der MùMille C 1000, das immer noch auf der schweinsledernen Ausgabe von Hahnemanns *Organon der Heilkunst* stand.

Er hielt die Nosode in der linken Hand und sah sie noch einmal lange an. Dann schob er die homöopathische Hochpotenz Arznei entschlossen in seine Manteltasche, griff nach einer alten zerknitterten Plastiktüte, die neben der Eingangstür lag, und verließ hastig das Appartement.

Kapitel 27

„Der höchste Grad von Arznei ist die Liebe.“
Paracelsus

Tinor lief die verregnete Avenue entlang und bog rechts ab in die lange Auffahrt zum großen Eingangsportal des New Yorker Memorial Hospitals. Im hinteren Teil der Eingangshalle befanden sich neben vielen Personenaufzügen auch die Personal- und Lastenaufzüge, in denen die Pfleger die Krankenbetten transportierten. Viele Menschen warteten vor den Aufzügen, so konnte Tinor unbemerkt in einen leeren Lastenaufzug hineingelangen. Er drückte den Halteknopf für das dritte unterirdische Geschoss.

Dort angekommen, steuerte er zunächst die gegenüberliegende Personaltoilette an und sperrte sich dort ein. Tinor entledigte sich seines Mantels und Hutes und zog einen weißen Arztkittel über, der sich in der Plastiktüte befand. Dann nahm er seine Nosode und steckte sie in die Kitteltasche.

Tinors Augen funkelten, und ein spitzbübisches Lächeln huschte über sein Gesicht, als er sich im Spiegel der Toilette sah. Selbstzufrieden strich er die verbliebenen grauen Strähnen hinter seinen Ohren zurück, nickte sich selbst zu und öffnete dann die Toilettentür einen kleinen Spalt. Kein Mensch war in dem langen, hell erleuchteten Kellergang zu sehen. Nichts war zu hören. Leise schlich sich Tinor aus der Toilette und erinnerte sich dabei daran, wie er sich oft als Kind auf leisen Sohlen aus dem Haus gestohlen hatte. Bei diesem Gedanken musste er unweigerlich in sich hineinkichern. Dann bog der alte Mann zielsicher nach links in einen Gang ab und folgte zunächst den Schildern, die zum Krankenhausarchiv und zum Materiallager der radiologischen Abteilung wiesen.

Tinor nahm jetzt den nächsten Gang rechts, der nun ganz anders als die anderen Gänge aussah. Er hatte jetzt den Altbau des New Yorker Memorial Hospitals erreicht, dessen Wände unverputzt waren. Es roch nach modriger Feuchtigkeit und auch die düstere Beleuchtung schien noch aus den 1920er-Jahren zu stammen. Tinor ging den schmalen, langen Gang so weit entlang, bis er an eine Tür mit der Aufschrift „Zutritt nur für autorisiertes Personal“ kam.

Er drückte vorsichtig die Klinke herunter, und die Tür ließ sich ohne Weiteres öffnen. Es hatte geklappt. Die letzten Tage hatte Tinor regelmäßig am Schloss gesägt. Niemand war inzwischen hier gewesen und hatte die Manipulation am Schloss bemerkt, niemand wusste, dass diese Tür nicht mehr abgesperrt war.

Vor Tinor lag das Wasserreservoir des New Yorker Memorial Hospitals. In einem riesigen unterirdischen Auffangbecken lagen vor ihm Hunderttausende Liter Trinkwasser, die die Wasserversorgung des riesigen Krankenhauskomplexes auch in Zeiten von Not oder Katastrophen gewährleisten sollten.

In beinah feierlicher Stimmung blickte Tinor jetzt auf das Becken und lauschte dem lauten, monotonen Rauschen des Wassers, das ständig durch die Kanalisation hinzufloss.

Dann nahm Tinor mit zeremonieller Geste das Fläschchen mit der MùMille C 1000 aus seiner Kitteltasche.

„Similia similibus curentur“, kicherte er, nickte sich dabei wieder selbst zustimmend zu und öffnete mit einem leisen Plopp die Plastikverschlusskappe des homöopathischen Arzneimittelfläschchens. Dann träufelte er den gesamten Inhalt der MùMille C 1000 ins Trinkwasserreservoir des New Yorker Memorial Hospitals.

Tinor kicherte weiter vor sich hin, und es war fast so, als veränderte sich sein Kichern jetzt und würde zu einem hysterischen Lachen wie dem von Rumpelstilzchen, dem kleinen Wicht, der auf einem Bein ums Feuer hüpfte und dabei sang: „Ach wie gut, dass niemand weiß...“

Kapitel 28

„Daran erkenn' ich den gelehrten Herrn!
Was ihr nicht tastet, steht euch meilenfern;
Was ihr nicht faßt, das fehlt euch ganz und gar;
Was ihr nicht rechnet, glaubt ihr, sei nicht wahr;
Was ihr nicht wägt, hat für euch kein Gewicht;
Was ihr nicht münzt, das meint ihr, gelte nicht!"
Johann Wolfgang von Goethe

Als die Wohnungstür von Tinors Appartement auf Veranlassung von Nikola Milec einige Tage später aufgebrochen wurde, fand man Dr. MùMille tot auf seinem Sofa liegend. Das verklärte Lächeln auf seinen starren Lippen und die in Richtung Himmel blickenden Augen ließen darauf schließen, dass kein Todeskampf stattgefunden hatte, sondern dass der Homöopath in einer Art geistiger Entrückung entschlafen sein musste.

Dennoch wollte die New Yorker Polizei einen Selbstmord nicht ausschließen, denn alles wies darauf hin, dass der Tod bei dem alten Mann nicht plötzlich eingetreten war: Sein Appartement war fein säuberlich aufgeräumt, auch fand man keine Lebensmittelreste, und der Mülleimer war geleert. Die Polizei konnte aber keine Anzeichen von Gewalteinwirkung feststellen, und wegen des hohen Alters des Verstorbenen sah man schließlich doch von einer Obduktion ab.

Als einziger verwertbarer Nachlass fand sich neben dem Toten liegend das Buch *Hahnemanns Erbe*. Es enthielt die persönlichen Forschungsergebnisse und Arzneimittelaufzeichnungen des Verstorbenen, die *Materia Medica nach MùMille*. Die zuletzt darin beschriebene MùMille C 1000 wurde jedoch unter seinen homöopathischen Mitteln nie aufgefunden.

Tinors Schüler Hans Ganter war der Einzige, dem er persönlich etwas hinterlassen hatte. MùMille hatte ihm in einem Umschlag seine goldene Armbanduhr mit dem eingravierten Hahnemannschen Gesetz *similia similibus curentur* vermacht. Dazu hatte er noch ein paar persönliche Zeilen geschrieben:

Lieber Ganter,

ich hinterlasse nun Ihnen Hahnemanns Erbe. Kümmern Sie sich um das Simile-Prinzip und werden auch Sie zum Schattenheiler der gesamten Menschheit. Ich danke Ihnen von Herzen,

Tinor

Für all seine anderen Studenten hinterließ er eine handschriftliche Nachricht, die er einfach auf einen Zettel notiert und auf Hahnemanns *Organon der Heilkunst* auf der Küchenanrichte platziert hatte. Die Nachricht lautete:

„Amore sempre c'é."

Epilog

Seit meiner Frühpensionierung saß ich jeden Abend allein in meinem Arbeitszimmer, holte *Hahnemanns Erbe* heraus und las zum tausendsten Mal die letzten drei Seiten Tinors handschriftlicher Aufzeichnungen über die MùMille C 1000.

Aber ich kam dem Geheimnis nicht auf die Spur, was es mit dieser seltsamen Eigenblutnosode wohl auf sich gehabt hatte. Ich wusste nicht, was Tinor mit ihr gemacht haben konnte, warum sie niemand in seinem Appartement gefunden und wozu Tinor sie überhaupt hergestellt hatte.

Um also herauszufinden, was Dr. MùMille mit seinen letzten Abschiedszeilen an mich meinte, brauchte ich Zeit, sehr viel Zeit.

In manchen Nächten der puren Verzweiflung, als ich von MùMilles Geheimnis so weit entfernt zu sein schien wie nie zuvor, las ich manchmal in der Bibel. Mit Leidenschaft blätterte ich immer wieder in der Offenbarung des Johannes – auch sie schien ein Geheimnis zu enthalten, das ich nicht lüften konnte.

Und als ich eines Abends plötzlich eine bestimmte Passage wieder und wieder las, da fiel es mir schließlich wie Schuppen von den Augen:

„Dann ertönte die Posaune des dritten Engels. Ein riesiger Stern fiel wie eine brennende Fackel vom

Himmel. Er stürzte auf ein Drittel aller Flüsse und Quellen. Dieser Stern heißt Bitterkeit. Er vergiftete ein Drittel des Wassers auf der Erde. Viele Menschen starben, die von dem bitteren Wasser getrunken hatten.“

Und von dieser Sekunde an wusste ich, was das Simile-Prinzip wirklich bedeutete. Was Terroristen im Bösen machten, konnte auch im Guten getan werden. Und ich war mir ganz sicher: Tinor musste es bereits vor mir getan haben. Und weil natürlich auch ich im Krankenhaus von dem Leitungswasser mit der MùMille C 1000 Nosode getrunken haben musste, war auch ich von MùMilles Geist beflügelt, seine Ideen haben mich infiziert, ich wurde ihm ähnlicher und ähnlicher, und schließlich wurde ich zu seinem Simile...

Und jetzt endlich kam mir eine ganz neue Idee – die Potenz von MùMilles Idee: Ich würde keine menschliche Nosode zum Heil der Welt herstellen, sondern eine göttliche! Dies ist der Auftrag, den mir mein Lehrer Tinor MùMille hinterlassen hat:

Ich werde das Turiner Grabtuch potenzieren und mit dieser Arznei der gesamten Menschheit das göttliche Simile-Prinzip offenbaren. Ich werde diese gottähnliche Arznei wie eine brennende Fackel der Liebe in die Flüsse und Meere dieser Welt gießen, und dann, eines Tages, wenn wir alle davon gekostet haben, dann werden wir endlich wissen: Auch wir sind Gottes Ebenbild! Amore sempre c’è!

Wenn also einst die Kriege enden und die Menschen beginnen, sich zu verbrüdern, wenn wir Hand in Hand gehen und unsere Nächsten lieben wie uns selbst – dann wissen wir: Das göttliche Simile wirkt!

SIMILIA SIMILIBUS CURENTUR

Danksagung

Was lange währt, wird endlich gut! Über zehn Jahre hinweg habe ich in einzelnen Etappen an *Hahnemanns Erbe* geschrieben, die Handlungsstränge mehr und mehr verwoben und mit Kitt aus medizinischem und medizinhistorischem Wissen aneinander gereiht.

Seit ich im Jahr 2000 eine wunderbare Reise nach Pompeji, Neapel und an die sorrentinische Küste unternommen hatte, gärte die Geschichte von Tinor MùMille in mir. Aber vermutlich sollte erst jetzt der richtige Zeitpunkt zur Veröffentlichung gekommen sein!

Mein besonderer Dank gilt meiner Lektorin Lucia Eppelsheim, die aus meiner Sprache noch mehr heraus holte, als ich zu hoffen wagte. Ebenso meinem Grafiker Thomas Blaha, der dieses wunderbar stimmige Buchcover kreierte.

Und natürlich gilt mein Dank auch meinen Eltern, meinem Sohn Nathanael und seinem Vater Josef, der seinerzeit zu den jüngsten Homöopathen in Deutschland zählte und mir die erste Begegnung mit der homöopathischen Heilsidee ermöglichte – die mich bis zum heutigen Tag nicht mehr losließ.

Daher möchte ich mich an dieser Stelle auch von Herzen bei meinem Homöopathen Dr. med. Helmut Cubasch bedanken, bei dem ich seit einem fast Vierteljahrhundert (!) Patientin bin.

Auch all meinen Herzensfreundinnen und –freunden möchte ich an dieser Stelle meinen Dank aussprechen, denn sie mussten oft als „Probeleser“ herhalten und mir Feedback zum Geschriebenen geben.

Und auch Ihnen, liebe Leserin, lieber Leser, möchte ich meinen Dank aussprechen, dass Sie meinen Zeilen bis hierher gefolgt sind und mein Buch gelesen haben!

Mein allergrößten Dank gilt natürlich auch Samuel Hahnemann! Viele Jahre lang war es mir schon ein großes Anliegen, seine letzte Ruhestätte am Friedhof Père Lachaise zu besuchen, und ich reiste daher im Mai 2014 nach Paris. Auf seinem Grabstein steht der auf seinen Wunsch eingravierte Spruch:

NON INUTILIS VIXI

(*Ich habe nicht unnütz gelebt*)

Dies wünsche ich uns allen!

Petra Neumayer

Juni 2014

Links und Adressen

Autorenseite von Petra Neumayer,
aktuelle Seminare und Vorträge
www.skripthaus.com

Autorenshop: Bücher und Produkte rund
um Heilen mit Symbolen
www.heilzeichen-shop.com

4149544R00097

Printed in Germany
by Amazon Distribution
GmbH, Leipzig